GIGLI AUTUNNALI

Keim Matteo Camarda

ii

DEDICA

Questi racconti sono per...
Robert Eggers,
Einar Selvik;
Abel Korzeniowski;
Francesca Menafra;
Lucas King;
John Logan

INDICE

Nota Sulla Pronuncia — Pag.1

Tenebre D'Amore — Pag.2

Neve E Ombra — Pag.15

Il Ramo D'Argento — Pag.41

Gigli Autunnali — Pag.49

Il Colore Degli Inganni — Pag.54

Nota dell'autore — Pag.63

Nota biografica — Pag.64

Ringraziamenti — Pag.65

NOTA SULLA PRONUNCIA

Il nome "Thew" si pronuncia "Tìu" e non "Tiù", l'accento rimane sulla "i". Il nome "Isobel" si pronuncia "Ìsobel" e non "Isobèl", ancora una volta l'accento rimane sulla "i".

TENEBRE D'AMORE

Yvonne mi aspettava in piedi vicino a una panchina, i capelli trattenuti sotto il cappellino mossi dal vento, delle ciocche le coprivano parte del viso come nastri. Non appena mi vide mi venne incontro spedita trascinandomi dentro. Abbracciandomi e baciandomi sulle guance aprì la zip del cappotto rivelando dei vestiti abbastanza scuri. Si presentava in chiave Dark all'ennesima potenza. «Pausa pranzo.» Mi informò posando anche la mia giacca sull'appendiabiti all'ingresso della biblioteca, un rifugio nella tempesta. Cominciò subito a parlare, il suo alito restituì un po' di calore alle mie guance intirizzite. Sfregandoci le mani l'uno dell'altra ci sedemmo vicini mentre lei trafficava con la borsetta.
Pensai a Lu. Come se la stava cavando? In televisione a casa del detective Vandick al lavoro seguivano sempre il notiziario. Una volta era uscito fuori il nome della sua impresa. La Video News esisteva veramente? Mi chiesi se avrei mai ritrovato in quello pseudo-imprenditore il ladruncolo di un tempo. Il suo nome non veniva espressamente citato eppure sapevo che doveva esserci di mezzo, un paio di ricerche in rete confermarono la mia ipotesi. Lu si era creato un sito, cosa che il freelancer del film non aveva fatto. Lo sciacallo di Neathburg dopo tutto sapeva davvero adattarsi alla realtà.
In biblioteca avevamo sempre trovato un po' di pace. Sussurravamo per educazione, come se vi fosse stato qualcuno intento a leggere. In realtà ben pochi mettevano piede in quel posto, soprattutto con il maltempo.
«Il mese prossimo anche il mio romanzo si troverà qui.» Fece Yvonne in tono sognante. Alludeva a Modern Ages, stava avendo un discreto successo, io la sostenevo in tutto e per tutto, in salute e nella malattia, sulla cresta dell'onda, come su un lido tetro e solitario.
«Cioè? Hai ordinato una copia del tuo stesso romanzo per la biblioteca?» Domandai sorpreso.

«Ovvio, bisogna solo stare attenti al budget. E a proposito di romanzi...» Si godette l'attesa stuzzicandomi. «Come vanno le cose per "Chiamami Elysian"?»

«Procedono spedite.» Non mentivo. La poetessa rimpiangeva che lo avessi scritto in italiano, diceva che sarebbe stato un controsenso. Ancora non riusciva a spiegarsi come potessi chiamarmi Thew Litwick e venire dall'Italia. Sarebbe stata capace di farmi gli auguri conficcandomi le unghie nella carne. incidendo col sangue il Buon Compleanno sulla mia pelle.

Appoggiata al calorifero Yvonne si scaldava il davanti dei pantaloni. Inconsapevole mi fece eccitare come non mai. Rimase in quella posizione ignara per qualche istante, poi, smettendo di rivolgermi le spalle scaldò il suo lato B, il retro delle cosce e la schiena, mentre i riccioli le spiovevano davanti. Impettita mi sorrideva dando le spalle alla finestra. Ero sul punto di esplodere. Come sembrava ingenua nella sua ritrosia, un ragazzo dissoluto le sarebbe saltato addosso. In biblioteca eravamo soli, la vecchietta che badava ai libri se ne era andata a casa, d'altronde non c'era molto da fare, quel pomeriggio avrebbe forse riordinato i cataloghi o controllato qualche scaffale. Una persona immorale avrebbe approfittato di Yvonne, ma io, nella mia amoralità, non sapevo che farmene di forzature del genere. Rimasi a osservarla, contenendo l'eccitazione tenni a freno gli ormoni. Lei aprì un attimo la finestra. Da fuori mi raggiunse il crepitio di foglie morte. O era acqua invece? Le gambe che penzolavano oltre il bordo del tavolo, come in riva al mare, non riuscivo a vedere granché oltre Yvonne nel mondo esterno. «Piove?» Domandai timidamente.

«No Thew il vento sta muovendo le foglie, vieni qui.» Staccandosi dal termosifone mi prese per mano come fossi una bambolina, la sua. Tornammo a sederci. «Su racconta,» Mi incalzò. «Cosa ti hanno regalato oggi?» La guardai in silenzio arrossendo per l'imbarazzo. Non c'era bisogno di parole. Yvonne fece gli occhi dolci, qualcos'altro la rendeva vispa e scattante. Scese dal tavolo su cui ci eravamo seduti dirigendosi dall'altra parte della stanza. Mostrava una grande scatola marrone chiaro su una superficie ligna e levigata. Insieme la aprimmo trepidando come due nerd. Maldestro mi feci avanti, subito Mademoiselle Lermié prese le redini spacchettando da vera esperta. Io non ero mai stato bravo in cose del genere, nei lavori manuali ero una frana. Non ebbi il tempo di pensare immediatamente rapito da ciò che trovammo all'interno: Panasonic GH4 con l'obiettivo, scheda SD per registrarci sopra e un disco esterno dove tenere le clip. Un brivido mi scosse fin nel midollo, forse tremai visibilmente. I filtri fotografici sono come le salse: bisogna sapere quali abbinare per ottenere l'effetto voluto. Girare in 4K sarebbe stato uno sballo!

Spalancai la bocca come avevo visto fare in tv. Finsi di crollare su una sedia per l'emozione, in realtà provavo ben poco, forse gratitudine. Yvonne mi abbracciò sommergendomi sotto i suoi capelli. Nessuno mi trattava con dolcezza da molti anni.

«Vedilo pure come il nostro Black Friday.» Cinguettò raggiante. Restammo un po' in silenzio a goderci il vento che infliggeva duri colpi ai vetri delle finestre. Poteva un pomeriggio così lugubre rivelare tanta felicità?

«C'erano dei super sconti su Amazon e ne ho approfittato.» A quel punto mi mostrò trionfante la app sul cellulare.

Ingrandii il totale dei prezzi. «Mamma mia Yvonne non avresti dovuto, sono tanti soldi.» Non riuscivo a capacitarmi di cosa stesse accadendo. Mi sembrava quasi di assistere a un crimine, però mancava il movente, impressionato non sapevo dare una spiegazione, non riuscivo a giustificare il suo gesto, che mi rendeva felice.

«Non poi così tanti, non ho sfiorato i mille.» In risposta alzai gli occhi al cielo, o meglio, al soffitto.

Estasiato la incalzai a dirmi di più.

«La sto pagando a rate.» Spiegò con semplicità. Non sapevo se crederle. «Potremmo fare l'unboxing.» Propose in brodo di giuggiole, già contava le nuove views sul canale.

«Faremo un'anteprima da piazzare su IGTV.» Proposi. «Tenendo il video integrale per una prossima uscita.» Non accennai alle probabili poche visualizzazioni che avremmo potuto ricevere, essendo la Panasonic GH4 un prodotto meno recente delle "sorelline" ben più potenti. Occorreva pensare in piccolo senza mescolare le carte. Mi ritrovai a riflettere simile a Sherlock col suo "Palazzo Mentale", vagliavo le ipotesi mettendo in campo una SWOT Analysis istantanea. Avrei puntato sul suo sex appeal, solo per quella volta almeno, il cui fulcro si riassumeva nei capelli.

«Allora prima dovremo fare dei video in verticale?» Mi chiese pur conoscendo la risposta. Annuii soddisfatto.

«Per favore mettiti di profilo vicino al tavolo mentre la apri e, no non da dietro tu devi stare dall'altra parte del tavolo guardando me e il cellulare. Metterò il flash.» Controllai che dietro di lei non vi fossero finestre o vetri in grado di rimandare un riflesso. Yvonne fece come dicevo, valorizzando i riccioli che sensuali le ricadevano sul seno coperto da un grazioso top color carminio con perle e brillantini. Ogni volta in cui sorrideva delle fossette dolcissime le trasfiguravano il viso, gli occhi incantavano come pozze di ambra liquida, nel mostrare la camera in controluce, dopo che avevo tolto il flash dal cellulare, mi aveva concesso di inquadrarle bene le cosce coperte facendo oscillare in una mano la lente dell'obiettivo. Sfoggiava dei pantaloni molto sexy. Tra una pausa e l'altra ripeteva a pappagallo le brevi battute che le suggerivo, riguardanti alcune specifiche della fotocamera, ancora spenta perché scarica. Si sedette mostrando i vari cavetti compresi nella confezione, l'obiettivo e il disco esterno preso a parte. Io la riprendevo abbassandomi, le ginocchia che quasi sfioravano il pavimento, feci attenzione a non farmi male tra gli scaffali colmi di libri dimenticati. Infine lei prese il mio posto mentre indossavo gli occhiali da sole riparandomi dal pregiudizio. Dichiarai "pubblicamente" che quello era il mio regalo di compleanno, che la Panasonic GH4 si trovava nella mia WishList, che era stata lei a donarmela. Insieme invitammo i nuovi spettatori a iscriversi. Avremmo creato cinque video, tre in verticale, due in orizontale. L'anteprima della GH4 sarebbe finita sull'IGTV di Yvonne, lasciando il video di compleanno al mio profilo Instagram; il terzo video lo avrei caricato sulla nostra pagina Facebook e gli ultimi due avrebbero visto la luce su YouTube. Sapevo come organizzarmi. Impararlo sarebbe stato un bene anche per lei. Senza perdere tempo ci dividemmo i compiti. Non vedevo l'ora di provare a girare un video in 4K, Yvonne conteneva l'emozione a stento. Scattammo i selfie e le foto per le Tumbnails.

«È un po' tardi per mangiare non trovi?» Chiese a bocca piena sentendosi in colpa nei miei confronti. Io sorrisi annuendo convinto, come se avessi mai anche solo nominato un panino o qualcosa del genere. Non mangiavo bene da tanto tempo, ma non mi dispiaceva. Il tonno in scatola in quegli ultimi tempi per me sarebbe stato una benedizione. Guardando un tutorial aveva provato a seguire una ricetta su internet desiderando preparare il Cuscus. Dopo il regalo che mi aveva fatto non osai rifiutare. Avrei mangiato con il suo stesso cucchiaio, aveva cucinato solo per sé, mi accontentai di poco appena tornò con il cucchiaio lavato. Mentre lei faceva rifornimento preparandosi al secondo round al lavoro con dei turisti svogliatissimi, cominciai a mangiare i suoi avanzi, finendo molto in fretta. Trascorse qualche minuto di relax. «Ah cavolo sai cosa ho dimenticato? Che scema, le candeline! Dovevamo preparare una torta, sai che ho imparato a fare quella al cioccolato? Fondente mica roba da poppanti eh...» Io ridevo senza sosta, quanto mi faceva sentire bene mettermi in ridicolo insieme a lei, non visti da nessuno, beandoci del momento e vivendo alla giornata, per una volta. «Spero ti accontenterai di questo.» Si abbassò per darmi un bacetto sulla guancia. Smise di massaggiarmi le spalle, non vedeva l'ora di fare cambio. Così fui io a farle un massaggio al collo e alla schiena, le mani che sfioravano quella pelle sottile, morbida, invitante, oppure seguivano le linee dei suoi fianchi attraverso il maglioncino di lana scura, fondendosi con il tessuto della maglietta e sotto ancora della canottiera e delle spalline del reggiseno. Yvonne godeva del mio tocco ipnotico, mentre le accarezzavo i lunghi riccioli ramati, piegava la testa all'indietro appoggiandola sul mio stomaco, perché io restavo in piedi perdendomi oltre la finestra, in un grigiore infinito.

Pur di preservare quello stato d'animo le avevo chiesto di non vederci troppo spesso, di mantenere il più possibile il distacco professionale, ok quest'ultimo punto era ormai andato a farsi benedire, eppure insistevo nella richiesta di moderare i nostri incontri, come due farfalle delicate. Vagamente percepivo il riverbero della conversazione avuta poco prima accarezzarmi in una soave indolenza.

Come diceva Picasso? "Non dobbiamo vederci troppo spesso. Perchè le ali della farfalla mantengano brillantezza, non devi toccarle. Non dobbiamo usare male quello che porta luce in entrambe le nostre vite. Qualsiasi altra cosa nella mia esistenza mi stanca e spegne la luce. La cosa con te mi sembra come una finestra che si apre. Voglio che rimanga aperta. Dobbiamo vederci ma non troppo spesso. Quando hai voglia di vedermi, chiamami e dimmelo."

«Pensi mai all'amore?» Domandai come gettando un sassolino in uno stagno d'inverno.

«A volte. Meno spesso di quanto vorrei. Per me è qualcosa di simile a un déja vu.» Pronunciò bene l'ultima parola. Più spietato di un coach in palestra la spronavo a fare progressi. «Perché me lo chiedi? Hai finalmente trovato la tipa dei tuoi sogni? O il tipo?»

Scoppiai a riderle in faccia. «Volevo solo fare un po' di gossip.»

«Aspetta e spera, guarda ora ti racconto tutto. Ti pentirai di aver messo il naso in faccende così delicate.» Adoravo la sua autoironia, la rendeva più piacevole e leggera, meno insopportabile o lagnosa.

«Volonté?» Girai il coltello nella piaga.

Innervosita dalla mia domanda mostrò involontariamente il suo tic della maglietta. «... Passo.»

«La trovi attraente?» Chiesi senza farmi i fatti miei. A questo punto potevo permettermelo. Non che mi importasse veramente del cibo, o delle persone.

«Mi eccita un sacco.» Confermò radiosa. Entrambi indugiammo una manciata di secondi a immaginare il suo lato B. Peccato, Volonté aveva un bel viso, bei capelli, chissà come finivamo sempre per soffermarci sulle sue natiche da favola. «Se solo avesse abbastanza fegato e abbastanza cervello, mi sembra invece passione pura, non so se mi spiego. È infantile.»

«Come tutti loro.» Replicai.

«In che senso?» Yvonne sgranò gli occhi.

«Sono sinceri.» Risposi prendendo posto accanto a lei. da quando i cellulari avevano preso piede nella società, neppure i computer connessi a internet avevano potuto trattenere le generazioni passate e presenti in quel ricettacolo del sapere. A parte noi in biblioteca non c'era nessuno. Che fosse stato quello il motivo del nostro appuntamento?

«Perché noi invece?» Sembrava confusa.

«Puro artificio.» Le accesi la lampadina inondata di materia grigia nel cranio.

Neuroni e sinapsi schizzarono alle stelle. Yvonne era sul punto di schiarirsi le idee: «In tutta onestà, non ricordavo un'atmosfera stagnante come la vedo ora. «Da un lato mi piacciono sai almeno Brenda li costringe a essere sempre puliti e ordinati, dall'altro però mi fanno un po' schifo, tipo quando si mostrano selvaggi.»

«Primitivi.» La corressi pacato.

«Quando ero piccola me li ero sempre immaginata come la famiglia Addams, invece sono molto diversi, molto più...»

«Concreti?»

«Concreti esatto, mi hai rubato la parola sulla punta della lingua!»

«Dai sono simpatici.» La ammorbidii con cura. Volonté rappresentava ai miei occhi un madrigale personificato.

«Chi? Bestiona Céline?»

«Io sono l'ultimo a poter ridere dei difetti delle altre persone, eppure...se ne potrebbero fare polpette di balena. Un Basilosauro!» Yvonne fu colta da un accesso di risa, piegata in due si appoggiò a me smettendo di mangiare il cuscus.

Sperai fosse finita lì. Ma Yvonne continuò, implacabile: «Non conoscono le buone maniere, non sospettano neppure che esista una cosa chiamata galateo.»

«Facciamo che per un giorno rinunci alle lamentele? No? Per il mio compleanno allora?» Implorai, seriamente convinto di un finale diverso per noi.

Svampita e corrucciata mi diede ascolto. Ma che, partì in quarta. Per un attimo andai in tilt, quando ripresi i sensi lei parlava ancora: «Un'altra volta poi, piove a catinelle e mi faccio i kilometri vicino al bosco, dalla stazione, hai presente? Arrivo alla porta e suono. Cioè al cancello scusa. Comunque nessuno apre, rimango lì, impalata, i crampi ai piedi che mi hanno fatta incavolare, ma sai, è la mia ragazza, porto pazienza. E chi mi trovo di fronte? Brenda: sua madre. Quella nevrotica mi guarda dritta in faccia, ti assicuro che quando fa così è peggio di un pugno nello stomaco. Io non so cosa dire, le sorrido, chiedo se c'è Volonté. Ovvio che c'è no? E invece... inutile, mi sbatte la porta in faccia. Il bello è che mi ha aperto il cancello facendomi avanzare nel giardino, poi niente. Neppure l'ombra del becchino, a un funerale come sempre, sicuro. E devo tornare a casa, sotto la pioggia non volendosi sgolare dalla porta, senza ombrello. Tu mi dirai di guardare il lato positivo, ok lo faccio: almeno il raffreddore mi è passato. E sai perché mi ha aperto il cancello? Per non bagnarsi sotto la pioggia, essere incinta non è la migliore delle scuse? Vedendo certe sfumature penso che Volonté abbia ereditato da sua madre più di quanto pensa, magari non i capelli, ok, ma il carattere, o quello che è. Al lavoro quindi una vera pacchia! Che bello soffiarsi il naso davanti ai turisti e alle persone al museo e al Victorian&Co. Molto professionale puoi dirlo forte! Volonté ha troppa paura di scrivermi in chat, dice che sua madre le controlla il cellulare ogni giorno, ogni notte secondo i gemellini. Questa settimana per quanto ne so inizia a farsi vedere da uno strizzacervelli, anche se prima dovrebbero mandarci sua madre.» Per me quelli non erano veri problemi, eppure mi faceva piacere vedere Yvonne tormentarsi per insulse questioni del genere, dimenticandosi per poco del male nel mondo. «Può andare sempre peggio.» Concluse. Non parlai, limitandomi ad annuire. Quel sarcasmo da mestruata non le donava. Prima o poi si sarebbero scaricate le batterie no? Col cavolo! Yvonne non aveva il tasto Off incorporato, quando iniziava a fare la chiacchierona come quel pomeriggio io non riuscivo proprio a reggerla. Continuai silenzioso a darle ragione. Segretamente paragonavo il rapporto tra Volonté e Yvonne all'adorazione di Louuis per Armand nel primo romanzo di Anne Rice.

Mi alzai dalla sedia accarezzandole i capelli. Avrei voluto pettinarla, seppellirmi nella freschezza che ispirava, divenire un tutt'uno, svanire dall'orizzonte delle cose, ormai parte di lei.

Neanche venti minuti e avevamo lasciato la biblioteca ripromettendoci di vederci un'altra volta, anche per provare la fotocamera insieme.

Neathburg si mostrava avvolta da una cappa di nubi oscure.

«Lasagne o Biriani?»

Un acquazzone gelido aggredì i nostri impermeabili sotto l'ombrellino fucsia. Più fradici di due tacchini, la milza a pezzi, non riuscivamo a smettere di ridere. Senza neanche sapere bene dove fossimo, ci trascinammo inerti per le vie, omaggiando la città con una lunga striscia di acqua scura dietro le nostre scarpe, ormai scialuppe sul punto di affondare.

«Scegli tu!» Urlai a un paio di centimetri da lei. Dovevo stare attento. E se avesse preso un piatto con del peperoncino piccantissimo strappalacrime?

«Stasera cena al ristorante, me la merito, zero scuse!»

«Dove? A che ora?»

«Ti scrivo in chat e passo a prenderti sciocchino.»

«Ma offri tu?» Domandai provocandola. Adoravo vederla sbarrellare fuori dai gangheri. Tirandomi per il bavero ridendo senza ritegno, Yvonne si mise a recitare una poesia declamandola ai quattro venti, finché una folata mi sospinse contro di lei facendoci quasi cadere, mi salvai in corner con una delle mie piroette in stile Lago Dei Cigni.

«Non vorrai seguire Daura spero.» La voce smorzata dal sordo mugghiare di una gelida raffica a testimoniare le idi di Novembre, mi strinsi a Yvonne, conscio del fatto che la Panasonic GH4 nella custodia con la valigetta del mio portatile dell'età della Pietra non fosse al sicuro.

«Cazzo no!» Strillò furiosa. Il vento avvinghiandosi a noi voleva portarci via l'ombrello, Yvonne lo tenne stretto esortandomi a non mollare. Prima o poi sarei volato via, la giacca nera si sarebbe liberata di me una volta per tutte rivelando un tutù rosa reduce dal brodo di tua nonna.

Attorno a noi, più precisamente ai lati simili a lampadari giallognoli, le vetrine mantenevano la posizione, illuminate presto per via del maltempo.

Sotto un portico la mia amica riprese fiato. Io sarei potuto anche svenire, erano due giorni che non toccavo cibo. Yvonne non ne aveva la benché minima idea. Contai mentalmente le ore che mi separavano dal Tempio.

Ad ogni modo verso sera ci ritrovammo in Boulevard LaTrille, come concordato. Per fortuna non pioveva più e non c'era molto vento, in compenso restammo avvolti da una pungente brezza notturna. Entrammo portandoci dietro un po' di aria briosa. L'odore del curry si spandeva fin nel piano sottostante. Fummo accolti con calore, Yvonne era entusiasta. La serata era tutta sua.

Mi tolsi il foulard lasciando il colletto della camicia in bella mostra. Yvonne, il collo di cigno non drappeggiato da una sciarpa indossava uno scuro impermeabile di unverde spento con un paio di guanti foderati di pelliccia sintetica, gli stivali nuovi le donavano moltissimo.

«Quindi? Come sto?»

«Divinamente.» Non volevo mentire, davvero, era carina, forse non come al solito, la pioggia le aveva afflosciato i capelli, per quanto si fosse sforzata di migliorare l'acconciatura io... non avrei potuto chiedere di meglio. Era bellissima.

«Sputa il rospo.» Mi incalzò passando la giacca a un tipo forse pakistano che la portò via insieme alla mia con un numero unico.

«Proviamo Chicken Tikka Mmasala?» Suggerì leggendomi il menù tutto rifinito, ma senza le figure.

"Molto tikka." Pensai. «Per me il Tanduri.»

«Ci avrei scommesso!» Rise sinistramente compiacendosi della propria battuta.

«E come avresti fatto?»

«Conosco il mio pollo.» Rispose muovendo le spalle come un'onda in tumulto sul canale della Manica.

Eheh! Me la intendevo io, avrei spolpato la pollastrella fino all'osso, al midollo se necessario. Solo che poi fu lei a sbranarsi il suo, lasciandomi indietro a fingermi un oscuro dandy orientale, raffinato e dai modi galanti. In realtà morivo di fame molto più di lei. Yvonne si gettò sui resti del proprio volatile mezza arrapata per via delle ragazze che ci viziavano con le loro mossette attraenti. A un certo punto ebbi paura che Yvonne mangiasse anche me. guardava le intrepide fanciulle dimenticandosi di finire la bibita. Soffocò nel fazzoletto un ruttino. Il suo intero essere stillava piacere, gli occhi grandi, a traboccarne, sembrava sul punto di buttare giù il tavolo sparandomi i tacchi in faccia, gettandosi nello stormo di pettirossi in cerca della compagna di una notte. Evitai di chiedermi il perché. Ordinammo sorbetto agli agrumi per rnfrescarci il palato.

In seguito non avrei mangiato così spesso e mai cibo altrettanto saporito, piacevolmente e in compagnia. Andai in bagno a lavarmi le mani. Quando tornai trovai Yvonne allupata, mi chiesi se ci fosse la luna piena, di sicuro qualcosa legato alla luna prendeva il sopravvento nel suo corpo, fu come se avesse preso una grande dose di ossitocina, i feromoni che trasudavano in ogni suo movimento.

Eravamo seduti tanto vicini che potevo distinguere nitidamente le pupille che si dilatavano, l'eccitazione montava in lei.

I grandi occhi ambrati splendevano nel loro fervore, tormentati nel profondo da chissà quali inquietudini. L'incendio era stato appiccato dentro di lei. Forse Yvonne era una lupa, forse ero solo io a vederla in questo modo.

"Ah, il pelo..." Sospirai melodrammatico tenendo la battuta per me.

Yvonne seguiva avidamente le curve sinuose delle danzatrici indiane. Adorava quei completi dorati luccicanti come tempestati di brillantini, che lasciavano scoperta la pancia e le spalle. Sicuramente il giorno dopo, staccato il lavoro con un'oretta di anticipo, mi avrebbe assillato fino alla morte pur di accaparrarsi un po' del mio tempo nella scelta di un Sari, che però con quegli abiti da danzatrici non aveva molto a che spartire. Ravvivando il suo guardaroba avrebbe voluto imitarle. E loro giravano, giravano, i capelli sciolti sulle spalle o raccolti in retine bellissime, talmente sexy che perfino Yvonne non reggeva il confronto.

Percepivo il calore propagarsi da lei, aumentando dalla parte scoperta del suo braccio a contatto con il mio, un brivido sfiorò la nostra pelle unendoci in un istante di...

Languidamente mi si abbandonò contro, incurante degli sguardi di chiunque, completamente assorbita dalla danza. Cominciava a pesarmi sulla spalla, mi trovavo in una posizione scomoda. Rimasi asservito in balia dei suoi desideri. Gli suoi occhi inchiodati ai seni o alle cosce di qualche bella fanciulla guizzavano da una parte all'altra della sala, vidi le labbra schiudersi in un sorriso arrapato, arrapante, non rivolto ad altri che non fossero del suo stesso sesso.

Io godevo del riverbero che brillava attraverso di lei, di una passione ardente e inappagata. Tutta la frustrazione di quelle settimane trovava uno spiraglio di luce nell'istante stesso in cui le danzatrici le passavano vicino, quasi sfiorando la punta delle sue scarpe con i propri movimenti liquidi e serpentini. Muovevano le braccia cariche di gioielli simili a onde dorate di un oceano infinitamente più grande e allettante delle cupe melanconie nordiche. Le ragazze indiane racchiudevano in sé il segreto di un'estasi eterna. Yvonne divenne un tutt'uno con i loro gesti, i loro sorrisi, gettando via lo strato di sudiciume frutto di una vita squallida e priva di significato. In quel momento sembrava prepararsi a un orgasmo. Dopo tutto, la nudità priva di ogni mistero, è l'attesa a conferire quel fascino ineguagliabile, irripetibile, dedicato unicamente al proprio piacere. Il riflesso della loro liberazione emanava una gioia sconfinata, che a sua volta irradiava un impeto e un tumulto degni della mia rovente valchiria dal seno prosperoso, ma ancor più importanti, i riccioli color rosso ramato, il tocco finale per quel dipinto di stagione. Yvonne Lermié riassumeva in sé le infinite sfaccettature di un autunno senza fine.

Perché tutto il visibile..." Diceva Novalis "Riposa sull'invisibile, l'intelligibile sull'incomprensibile, il tangibile sull'impalpabile". Quel che importa nelle percezioni è che, in certi casi, possano guidarci a comunicare con l'occulto.

E poi puf, era finita. Yvonne cominciava ad avere sonno, io mi ero fatto due litri di Cocacola piena di caffeina per restare sveglio. Le ballerine non c'erano più, i tipi del ristorante iniziavano ad insultarsi in hindi e nei cinquantamila dialetti di quel Paese immenso. Me la svignai a pisciare.

Finalmente libero passai a riprendere la mia lunga giacca nera. Scaricando Yvonne in Boulevard LaTrille, convinta di avermi parcheggiato per bene, andai in stazione guardingo. La notte d'un tratto pareva colma di insidie, lungo la strada tenni la torcia del cellulare accesa evitando di finire in un tombino o di pestare i piedi alla persona sbagliata. In metropolitana, le scialbe luci al neon mi riportavano alla mente lo squisito gioco di colori nel ristorante gettatomi alle spalle neanche quaranta minuti prima.

Percorrendo le vie di alcuni quartieri malfamati sentivo come strati di consapevolezza, razionalità e buon senso sbarazzarsi della pesante zavorra che dovevo apparire, librandosi nell'aria, simili a inutili piume di un manto un tempo variopinto, ma ora smorto e privo di significato.

Mi venne in mente un passo del racconto Diluvio A Nordney di Karen Blixen, a sua volta riverbero di una pièce di teatro danese:"M'indossa, si avvolge in me, sono il suo spettro, la larva del suo spirito, l'involucro passeggero, di una mente immortale.". abbandonai la pelle del web marketing specialist, preferendo con gioia dilettarmi nell'occulto. Il Templio era collocato oltre una fila di edifici anonimi ben tenuti, lampioni sbilenchi a fungere da scudo da occhi indiscreti. Ero stanco dei capricci mondani e degli smodati eloqui della giovinezza. Divenni parte integrante di quei raduni notturni. Avevo agito con cautela. I frassini spogli e disadorni si stagliavano insieme ai tigli dietro di me, in una parte meno frequentata della grande città. Varcai le porte del tempio. Mi aspettavo un tanfo mortuario, un po' d'aria viziata, il disordine più totale, e invece... tutto pulito, profumato, organizzato. Una donnina ben disposta prese le mie misure. Rigirandomi tra le mani il pentacolo, mi feci allacciare la catenina. Sarebbe apparso un segno di riconoscimento, ne andava della mia incolumità. Mi vennero consegnati i vestitiche avrei dovuto subito indossare in vista della cerimonia. Mi spogliai rabbrividendo, illuminato soltanto da un paio di candele. Da bambino, piccolo chierichetto attendevo che spalancassero le porte del paradiso dalla sacrestia, infilavo la candida tunica, immacolata per così dire. Ora, nel nero di una riunione blasfema, in voluto contrasto col biancore dell'innocenza perduta, procedevo nella medesima solennità, rovesciandola. "La setta con meno adepti, la più estrema." Mi ripetevo come un mantra. Sotto la luce dell'incensiere mi feci avanti scendendo i gradini in quella specie di navata. Stanco di costeggiare vetrate in penombra mi consegnai allo sfavillante bagliore reso possibile dalle vivide torce degli accoliti del Buio Sentiero Di Sophia, mentre i membri delle altre sette trovavano il loro posto, per il momento non vi badai, lasciandomi conquistare dalla surrealtà delle loro cerimonie. Fu la mia prima messa nera.

NOTA: *In arrivo il romanzo* **Hollowness Papaveri Di Sangue** *edito da Rossini Editore, disponibile da autunno-inverno 2022. Espande l'universo di questo racconto.*

NEVE E OMBRA

«Un gas soporifero, è così. Li ha stesi tutti. Una meraviglia. Ma perché questo interesse improvviso?»
Persone addette alle pulizie, infermieri, burocrati, gente alla scrivania, gente che soffre.
Di Otto nemmeno l'ombra. A volte lo intercetto mentre va e viene, se sono fortunata. È strabiliante il modo subdolo con cui tutto gli viene negato: la luce. Non ha idea di cosa succeda veramente nella clinica, né per quanto si estenda, vede solo ciò che vuole vedere. Sarò io ad aprirgli gli occhi, un giorno.
Una scritta con la vernice rossa su una parete non rende un muro sporco di sangue.
Una misera cantilena non rende certi pazienti migliori di altri.
Ho atteso per anni, senza saperlo, ma ora ci siamo. Il cambiamento è alle porte.
Prima ancora che venga, so già che questo medico non sarà come i precedenti.
Si sono comprati il mio silenzio in cambio del benessere. Chiedevo il quieto vivere, me l'hanno dato. Così ho tenuto la bocca cucita, zitta zitta. Ho rispettato il patto, come se fossi mai stata davvero una minaccia.
Con il tempo, ho imparato a orientarmi in questo dedalo di menzogne. A ogni idea, ogni bugia, corrisponde una chiave, spetta a noi se girarla in senso orario o antiorario. In ogni caso il risultato non cambia, la vita e la morte si fondono in un solo respiro.
A quanto pare non sono più una bambina, né la tredicenne portata via dalla polizia. Il 2016 sta per finire, voltandomi indietro non vedo che ombra.
Mi viene restituito il libero arbitrio, smetto di subire, prendo in mano la penna per scrivere il mio destino. E non fa niente se l'inchiostro si è asciugato. So come recuperarlo. Non sono più il crisantemo

appassito di una volta.

Mi avvio in silenzio verso una porta, affronto una serie di sguardi, oltrepasso file e file di sedie vuote perché occupate da ebeti, sono indifferente. L'illusione che mi rende padrona dell'ambiente mi rende invincibile. Cammino eretta, non mi sono mai sentita più viva. C'è speranza.

La livida luce del giorno, il soave tocco d'Ottobre non fanno che deturpare la perfezione di questo luogo imperfetto.

La vita è divisa in blocchi, un insieme di attese pronte a svanire, al minimo sforzo. Fingendo di portarmi alla guarigione, gli schifosi che mi hanno tenuta prigioniera si sono divertiti. Non smetteranno. Reagisco con il mio silenzio, li cancello dall'esistenza, non sono più qui. Non sono più niente.

Gli infermieri mi trascinano tenendomi le braccia ferme. Non indosso più la camicia di forza. Reagisco male alla fretta che ispirano. Sembrano automi meccanici. Li compatisco. No, non meritano la mia compassione.

Vengo esibita quasi fossi un trofeo. Mi dirigo verso la porta oscura come una Giovanna D'Arco che si sta preparando al rogo.

I sensori fanno scattare qualcosa e l'ingresso si presenta davanti a me, in tutto il suo squallore.

Poi vengo sedata e caricata in auto. Quando torno in me, sono in un'altra ala della struttura, ancora più ordinata e pulita delle altre. Ma non ci sono matti che scorrazzano in giro, né infermieri frenetici all'opera, tranne quelli che mi stanno esortando a seguirli. Mi hanno vestita bene, pettinata, truccata perfino. Vedo tutto in uno specchio. È il primo dopo tre anni, riflettermici fa un effetto stranissimo. Se avessi un minuto mi contemplerei con calma, ma dobbiamo andare. Mentre scendo da una scala mobile noto qualcuno che entra sfregandosi le mani. La giacca gli dona, che sfarzo. Nessuno mi parla, nessuno mi tocca, non importa, ho gli occhi puntati su di lui. È una preda? La figura avanza nell'atrio passando qualcosa su un aggeggio, il suo badge. Poi alza il viso verso di noi, è bellissimo. Sorrido al dottore.

Qui tutto appare organizzato, efficiente, le altre ali di Mournful impallidiscono a confronto.

«La signorina Melony Schemering Van Bloed è richiesta nella stanza 5.» Dice una voce artificiale e robotica da un altoparlante.

"Che emozione." Penso con sarcasmo. Gli infermieri allentano la presa sulla camicia che indosso. Qui i caloriferi vanno, si respira aria pulita, è un posto civile. Tutta la clinica dovrebbe essere così, ma non lo è.

Vesto un comodo paio di pantaloni neri abbinati a una camicia fucsia con fiorellini bianchi e rosa chiaro, i capelli mi cadono dolcemente sulle spalle ben pettinati, leccandomi riesco perfino a sentire il sapore di un lucida labbra. Ho le pantofole.

Il medico mi aspetta. È in piedi, sorridente, ma cauto. Deve avere sui trent'anni o meno addirittura, è alto un po' più di Otto se non sbaglio, ma meno del dottor Alastyn o della dottoressa Herbstein, quella è una spilungona. Questo tipo non ha i capelli crespi come lei.

«Ciao Melony.»

«Ciao.» Saluto con una mano. La sua voce è morbido velluto.

«Lasciateci.» Ordina agli infermieri cambiando subito tono, diviene così freddo da riempire il vetro di condensa. Loro si congedano frettolosi andando via, mi sa che prima si prenderanno un caffè.

«Vieni.» Mi indica la strada verso la stanza 5. «Noi due dobbiamo fare una bella chiacchierata. Per favore aiutami ad aprire le finestre, dovremo togliere la mufa che orrore.» Ogni minuto che passa lo adoro sempre di più. Prende posto a una scrivania nerastra. Le sue mani contrastano così pallide, i capelli castani dorati risplendono baciati dal sole, inizio già a perdermi fra i suoi intensi occhi blu notte.

«Buongiorno dottore.» Mi lascio sfuggire in un singhiozzo pien odi vergogna. Chino subito il capo incrociando le caviglie. Mi squadra per bene come per valutare se c'è da temere, o se sono sexy, o se sto per svenire, o tutte e tre. "Mamma mia quanto sono agitata."

«Hai scelto tu quella camicia? Mi piace. E i capelli? Carini messi così, di lato. Hai stile.» Aspetta ma non dico niente. Prende un computer portatile ma non lo apre, lo appoggia semplicemente. Non prende appunti, non ha un posa cenere vicino, non guarda il telefono. È qui per ascoltarmi. «Parla liberamente.» Poi alterandosi si da una manata in fronte ridendo fra sé. Prende la cornetta, perché esiste una cornetta, digita un paio di pulsanti e ride. «Una pepsi per favore. Come non ne avete? Questo posto ha un perimetro di cinque kilometri! E certo che me la portate, mandate qualcuno a comprarla al supermercato più vicino, non mi interessa, fa parte del contratto, certo che sì, ma ovvio, si sta parlando con... Voglio una pepsi entro mezz'ora, non un minuto in ritardo, mi sono spiegato? Bene.» Attacca senza salutare. Io sto ridendo. Palesemente in imbarazzo mostra i palmi delle mani. «Tragico come sempre, io. Ma non mi sono presentato.» Si alza in piedi. La finestra è sulla destra perciò non è in controluce. «Mi chiamo Edwin De Santis.» Avvicinandosi tende una mano.

«Ma non mi sono disinfettata...» Sussurro confusa. Lui mi fa l'occhiolino. Dopo un po' decido di stare al gioco, accetto la stretta come un ectoplasma.

«Non ti sei presentata.» Mi fa notare con un guizzo di allegria, si finge imbronciato. Ma quanto è eccentrico? Di certo porta un'euforia trattenuta a stento, ha qualcosa di non comune.

«Ma lei sa chi sono.» Mormoro incapace di...

«Tu prova e vediamo.»

«Sono...»

«Alzati, o ti verrà il torcicollo a furia di fissarmi da seduta.»

È gentile, faccio come dice. Provo a trarmi d'impaccio. Sorridendo vado verso di lui. Guardandomi intorno vedo molti disegni. «Piacere, sono Melony Schemering Van Bloed.» Il medico sorride. «È un piacere conoscerla signore, emm volev odire, dottore.»

Facendo una smorfia mi passa un braccio coraggiosamente attorno alla vita. «Non hai nulla da temere con me.» Mi sussurra all'orecchio. «Puoi darmi del "tu", chiamami Edwin, Ed per gli amici più intimi. È un piacere anche per me.» I suoi occhi mi incantano. È meraviglioso. Vorrei restare così per sempre.

Ma riprendendo posto sulla sedia girevole mi squadra per bene, sembra proprio a suo agio. Bussano alla porta e gli danno la pepsi. Lui non si alza, la tipa con tacchi a spillo esita prima di avvicinarsi, ma Edwin non si alza. Lei regge un sacchettino, ne tira fuori una lattina, è nervosa ma anche un po' scocciata. Il dottore mi indica e la segretaria o quello che è entra nella stanza. Mi da la pepsi per Ed. Sono io a passargliela. Lei se ne va dopo che il medico l'ha ringraziata. Mi sento al sicuro. Che sia un'altra delle vischiose illusioni del manicomio?

«È fredda?» Domando timidamente.

«Sì moltissimo. Prendila, è tua.»

«No io non...»

« Dividiamo se vuoi.»

«Ok.»

Con modi teatrali il medico più giovane che io abbia mai visto apre la lattina rischiando di rovesciarla sul tavolo. È proprio buffo.

«Ah, senti il profumo. Da quant'è che non ti fai una pepsi Melony?»
"Si ricorda il mio nome." È il mio primo pensiero. «Non ne ho mai bevuta una. Quando...» Esito, di sicuro non gli interessa. Ma lui mi fa cenno di continuare. Prendo un sorso, tossicchio.
«Gaaaaas!» Esclama battendo le mani. Si sta divertendo un mondo con me. È piacevole.
«Quando ero piccola, mamma mi portava a casa dei parenti. Loro avevano la coca cola. Non avevo mai provato una pepsi. È buona.»
«Attenta al rinculo.» Mi suggerisce ridacchiando. Smette all'istante a una mia occhiata truce. Viene colto da un lamp odi genio. Quasi che io mi sia tolta una maschera.
Torno docile e mansueta. Gli cedo la lattina mezza vuota o mezza piena, come le aspettative che ha su di me. Faccio un ruttino. Lui si pulisce un rivoletto sulla bocca. «È buona Edwin?» Domando facendo gli occhi a palla, ho degli occhi grandi io, per mangiarlo meglio.
«Cavolo se è buona. Anche tu non sei male. Come hanno fatto a stabilire la tua insanità?»
«Ma chi? I medici? Eh non so, io non mi sento una pazza...» Da cosa nasce quest'improvvisa confidenza che ci lega? Edwin ne è l'artefice, tira i fili come un burattinaio naif e pignolo. La stanza si riempie di una dolce luce dorata d'autunno. Godo come non godevo da tantissimi anni.
«Il narcisismo è come il ciclo dell'acqua: investe gli altri come la pioggia, fa la condensa nelle aree più fredde, evapora, si asciuga, regredisce, va oltre, ritorna, è un cerchio continuo. L'emblema della nostra epoca.» Quanta passione, quanto entusiasmo. Non riesce proprio a star fermo, si siede, si alza, cammina, va alla finestra, aggiusta le tende, gioca con la lattina vuota, prende la mia sedia guidandomi come un passeggino, si siede di nuovo, va alla porta, finge di ascoltare, torna alla scrivania e si siede. «Ascoltiamo una song, ti va?»
«Sì certo.»
«Dai cosa senti tu di solito?»
Mi stringo nelle spalle. «Devo pensarci.» Ammetto avvilita. Ma non abbasso lo sguardo, lo tengo fisso su di lui, sono curiosa. Anche io mi alzo. "Oddio non lo so." Mi dico sbattendo le ciglia un po' civettuola.
«Burn di Cody Crump, prendi, al volo!» Mi lancia una cuffietta, afferro l'auricolare bianca mettendomela in un orecchio. «Com'è?»

Mostro il palmo della mano sinistra chiedendogli di aspettare. In questa prima seduta ci focaliziamo molto sui gesti, il medico prova a creare una confort zone, non devo fare altro che essere me stessa, in ogni momento. «C'è suspense, è... malinconica, no, è tragica, da eroi.» «Da antieroi.» Mi corregge compiaciuto. Non chiede l'auricolare indietro finché la canzone non è finita. Poi mette via un Ipod dorato comparso all'improvviso.

Vado alla finestra trattenendo le lacrime, senza capire perché.

Quando mi apro, la mia voce è rauca, non la riconosco. «Non sentivo una canzone da tanti anni, non venivo trattata così da tanto tempo.» «Così come?» Edwin ha perso tutta la sua effervescenza, forse l'ha solo messa da parte, forse ha capito che è il momento di impersonare il medico e non il giovane amico.

«Come un essere umano.» La mia voce si spezza, inizio a piangere, tiro su col naso, le mie spalle sono scosse da tremiti incontrollabili, non provo nemmeno a trattenere i singulti, mi appoggio alla sua spalla, non mi porta a sedere, restiamo lì, impalati, il tempo smette di esistere; non ci siamo né io, né lo psicologo, non più, solo il gusto salato delle mie lacrime amare.

«Butta tutto fuori, non vergognarti, presto deve finire, deve.» Mi conforta a bassa voce stringendomi le mani delicato. Le mie lacrime inondano il suo viso. Edwin si sta arrabbiando, lo vedo ansimare allontanandosi da me. «Maledizione!» Urla scagliando la lattina di pepsi contro il muro. Riprendendo il controllo si da una calmata. Ha colto l'inganno che trasuda da ogni luogo. Gli sono bastati i miei gemiti, il suo sguardo. «Solo ora comprendo la grandezza della mia impresa.» Sussurra coinvolto.

Faccio per andare alla porta quando lui mi ferma chiamandomi per nome. Torno alla sedia, con un gesto mi chiede di rimanere dove sono. Cosa è cambiato? Aspetto uno, due, alcuni minuti, non c'è un orologio, il tempo non funziona correttamente. Alla fine non ne posso più. «No?» Domando senza alludere a nulla.

«No.» Si asciuga una lacrima, una delle sue. È incazzato nero. Adesso è solo Edwin De Santis, non un medico, non un uomo, soltanto Ed, mio amico. Sono stupita dalla sua profonda empatia. Dopo tutto cosa sono io per lui se non una nuova paziente? «Non hai una giacca? Usciamo.»

Mi sfrego gli occhi per metterlo a fuoco. Sta davvero per portarmi via?

«Come si sta bene qui.»
«Sì è vero.» Confermo tirandomi indietro i capelli.
Io e il dottor De Santis siamo seduti presso un piccolo lago indorato dal sole.
Non siamo molto lontani da dove dormo io.
«Guardami Melony. Voglio che tu capisca.» Fa un gran respiro. Poi incomincia. «Non ho l'autorità per dimetterti da questo ospedale psichiatrico. Non lavoro sempre qui. La mia parola non conta molto, se ignorata. Ma posso contribuire al tuo rilascio se mi...»
«Rilascio?» Lo interrompo io spiazzata. «Ma non è una prigione.»
«Però lo sembra. Ne ha tutta l'aria credimi. Forse...» Mi osserva con attenzione sistemandomi una ciocca di capelli. «Forse sei stata lontana dal mondo per troppo tempo e non ricordi. La libertà si fonda su ben altro che la prospettiva del tutto. Viviamo nel ventunesimo secolo, ci sono molti modi per tenere i pazienti sotto controllo senza stare loro addosso. E questo luogo me l'ha dimostrato, in tutta la sua portata. È grave quello che sto dicendo. Spero te ne renda conto.» Inarca le sopracciglia, ha la fronte aggrottata, gli occhi socchiusi.
Prendo la parola. «Ma cosa possiamo fare per... per cambiare le cose?»
Eccolo che si prepara a una delle sue uscite complicate. Mette via il fazzoletto di cotone, si sistema il papillon, si tocca la giacca, si passa una mano tra i capelli, si pulisce i pantaloni dal muschio.
«Innanzitutto mi servirà conoscerti meglio.» Apre il portatile indicando lo schermo, scorre con un dito il touch screen. «La scienza è una cosa curiosa. I medici di norma tendono a tracciare una linea, tra il prima e il dopo. Ma non è questo il modo. Vedi Melony, io credo in un flusso continuo, un fiume che scorre incessantemente dalla fonte all'oceano. Esistono molte varianti che si intrecciano, tipo affluenti di un torrente. Ma è sbagliato pensare al fiume come a qualcosa soggetto a ostacoli, da abbattere. Tutt'altro. Il fiume ingloba in sé ogni cosa, rendendola sua, piegandola alla propria visione del mondo. Tutti noi abbiamo una diversa realtà modellata a nostra immagine e somiglianza, siamo dèi, o fingiamo di esserlo. E ci piace. Ma farsi due domande è d'obbligo se si vuole sopravvivere. Chi tende alla purezza sguazza nell'ingiusto. È l'imperfezione a renderci vivi. Chi sono io? Uno psicologo? Un pensatore? Un individuo con una voce e un'ombra? Potrei essere chiunque, o nessuno. Sta a me

scegliere chi essere e come mostrarmi. Mi segui? Si tratta di dare vita alle idee che ci frullano nella testa, plasmandole sulla nostra volontà. La scienza, o chi parla per essa, insiste a dirci che a ogni male esiste una cura, ne scova le origini, ne traccia i confini, limita i danni ritenendolo nocivo. Il male è parte di noi, troppo facile fingere di eliminarlo, quando invece è meglio accettare noi stessi, per come siamo, nel bene e nel male. Ma non è così. Il segreto di una vita sana, oltre a una ponderata considerazione di sé, si trova nel corretto equilibrio tra dionisiaco e apollineo!» Lancia un sassolino nell'acqua. Il mio viso si riflette audace, il suo è troppo concentrato per captare oltre alla punta del naso. Senza badare a me continua, troppo esaltato per accorgersi che qualcuno ci sta osservando. Non lo interrompo. «Pensare di poter tenere dei pazienti per ore e ore seduti su una sedia non corrisponde al mio ideale di rapporto. Capisci? Intervengono troppi fattori a sfavore. Hai mai riflettuto sulla distanza che si realizza tra medico e paziente a causa della scrivania? La seduta diviene una cosa statica, sterile, inconcludente. Prima o poi dovrò aprire un mio studio, certo ne ho intenzione, e forse finirò anch'io a scaldare una sedia appoggiato alla scrivania. Però vorrei che ci fosse del movimento, eliminare le distanze tra paziente e terapeuta. Riesci a immaginartelo Melony? Tu, io, altra gente, tutti che camminiamo per un boschetto, tra gli alberi in fiore, proprio come stiamo facendo ora vicino a questo laghetto meraviglioso.» Quasi mi fa pena, ormai ho capito che si nutre di sogni, non vive tra di noi, è perso nelle sue fantasticherie, ha un rifugio tra le nuvole, si ripara da Mournful e dalla sua luce malefica. «Per correttezza ti informo che sto registrando con un dispositivo le nostre conversazioni, spero di ricavare sufficiente materiale su cui basare la mia diagnosi.» Sposto lo sguardo bruscamente, non mi piace quella parola. Edwin gesticola rammaricato. «. Ma ricorda, dietro alle etichette ci sono le persone. Il mondo deve vedere. È facile venire rassicurati da miliardi e miliardi di categorie. Ma la mente è imprevedibile. E qui torniamo al punto di partenza: la vita come un fiume, un flusso continuo, inarrestabile. Manteniamo viva la nostra memoria anche dopo la morte, tramite le informazioni, andiamo a convertire la nostra essenza vitale nell'etere del web.»

«E la fregatura?» Chiedo ridendo. È ridicolo, sta vaneggiando, lo sa. «Si viene sommersi, dimenticati. La vita sarà pure un fiume, ma noi restiamo e saremo sempre miseri atomi sospinti da altri atomi, frenati da quelli prima di noi. È questa consapevolezza a spingere l'uomo a brillare, alimentando un'ambizione smisurata, scacciando la paura della morte, di una fine, prossima o lontana che sia.»

«È triste.»

«Lo è.» Annuisce sospirando melanconico. Poi recupera subito il suo brio. Ha sbalzi d'umore? «Vuoi disegnare?»

Povero, crede di avermi stimolata. Senza rispondere mi metto a correre verso la clinica lasciandolo con il suo bastone da passeggio, la valigetta con dentro il portatile. Blatera sempre sul voler perdere kili, lui che è già smilzo come un carciofo.

Non ha visto il piccolo drone scuro che ci spia. Io sì.

Avvicinandomi alla clinica lo aspetto, i capelli mossi da una brezza gentile, ingannevole. Se non la pianta presto Edwin verrà allontanato. Lo osservano. Sanno che non muoverà contro di loro, non ne ha il cuore. Lo aspetto ripensando a Otto, ci vediamo meno spesso di quanto avrei immaginato. Non è facile beccarlo mentre svolge i suoi compiti del cavolo. Mica ho piena libertà di movimento io. Se sono fuori dalla clinica a passeggiare per il parco, è perché sono sotto la responsabilità del medico.

«Ah eccoti dottore.» Gli do un buffetto amichevole.

Per un attimo si appoggia a me stancamente. D'improvviso sembra così vecchio... «Sai dove sta la fregatura? Nel coraggio.» Ansima come un cagnolino mezzo annegato.

Non lo sto più a sentire. Sono scura in volto. E stanca, molto più di lui, è una mestizia che nasce da dentro. «Mi avevi fatto una promessa. Cosa ci faccio qui se non devo essere curata?»

Ed si avvicina al mio orecchio sussurrando molto piano, allora capisco. Lui sa, ha sempre saputo. Non è uno scemo. E quando parla mi si ferma il cuore, perdo un battito, mi sento girare la testa.

«Ripensa alla notte in cui è morta tua madre. Pensaci bene.» La sua mano si insinua tra la spallina della canottiera e la mia pelle, è tiepida. «Non sei stata tu a ucciderla. L'arresto, il processo, queste nostre sedute, lo scontro tra pazienti e infermieri, e medici, è tutta una montatura.» Le sue parole si dileguano come soffio di vento. Vacillo sulle pantofole. Non capisco più nulla. Le mura, il cielo, il giardino, tutto svanisce. Rimaniamo solo io, Edwin, uno spiraglio di verità. Mi stringo la giacca a vento sulla camicia, la camicia al petto. Inizio a tremare. «Qualcuno ha minacciato le famiglie della polizia, ha corrotto la giuria, inquinato le prove della scientifica, fatto ricadere la colpa su di te, incastrandoti, mettendo i medici a tacere, causando un torto al buon senso.» Edwin farfugliando sembra un cospiratore, è strano in quella posa tutta storta, mi ricorda uno scienziato pazzo. E infatti negli occhi ha un bagliore malato a devastargli i diafani lineamenti del viso.

«Io, io non... non ti, non ti cr... credo.» Balbetto. Le parole escono a fatica insieme ai pochi respiri che riesco a fare, prima di cadere in ginocchio, lì, in strada, poco lontana dall'erba.

Il medico esita. Considera i miei gesti per un momento. Recupera un pizzico di lucidità, per entrambi, quanto basta. «Meglio per te.» Conclude freddamente. La sua voce taglia il vento come una lama sottile, grigia e tetra. Il buon senso se ne va in uno sbuffo di vapore, anche se Edwin non fuma.

«Vattene! Per favore.» Sto piangendo. "Stupida stupida, cosa mi prende?" «Mi hai presa in giro, per due settimane, mi hai presa in giro. Non ti perdonerò mai, fantoccio.» Sputo sul terrenno, umiliandolo. Ritrae le scarpe con foga, alterato.

Senza badare al mio sfogo, ritorna a un tono dolce e comprensivo. Qual è il vero Ed? «Crederai che ti ho solo usata come strumento per alimentare il mio ego, depositare i miei sogni. Crederai che ti ho delusa più di qualunque altra persona, perché riponevi tante speranze, irrealizzabili dal "fantoccio" come ti piace definirmi. Puoi pensare quello che vuoi. O puoi credere ai fatti.» Abbassa la voce in un sibilo intriso di livore. Nei confronti di chi? «E quando il cavaliere sceglie di aiutare la dama indifesa, lei mostra gli artigli gettando il suo guanto nel fango.» Alza la voce, autorevole, esortandomi a rialzarmi. «Dimmi una cosa, una sola,non giudicherò. Esaudirò il tuo desiderio, ma deve venire dal cuore, non da capricci effimeri. Fa' volare lo sguardo, oltre queste mura, oltre questo cielo.» Si porta le mani alle tempie esasperato. Mi tende una mano, che io non afferro. Mi alzo da sola, senza rispondere. Lo guardo in cagnesco, posso permettermelo. E alla fine, vengo presa dai suoi occhi magnetici, mi perdo nel loro blu notte, divento parte di lui. «... Tutto ciò che volevi era stare in una torre oscura in solitudine, lontana dal mondo e da ogni rimppianto. Avevi una torre d'avorio in un Eden di fiori delicati, qualcuno l'avrebbe sgretolata prima o poi, sai che ho ragione; saresti finita comunque in un mondo di ombre. Ora ti tendo una mano, di nuovo, chiedendoti, per favore, di non tradire la mia fiducia.» Esita trattenendo il respiro. Non dico niente. Non sa come terminare il suo panegirico del cazzo, è più confuso di me. E qui fa l'errore più grande: invece di consegnare il tempo al silenzio, o il silenzio al tempo, sceglie di riempirli entrambi con nuove parole, ancora più sciocche, ancora più inutili. «Nel posto da cui vengo si vive bene. Abitavo a Ginevra.»

Non riesco a trattenermi. Gli rido in faccia. «Puntuale come un orologio svizzero eh?»

Edwin sorride amareggiato. «Sotto la Svizzera c'è l'Italia, il Paese dove regna la burocrazia più assoluta, dove tutti sono sempre polemici. Da loro ho assorbito un po' della mia voglia di lamentarmi, di criticare, di vedere il lato negativo delle cose. Ma con te, Melony, con te scelgo di vedere il bicchiere mezzo pieno. Dicono che Mournful sia un luogo di guarigione, la chiave delle seconde opportunità. Ma non esistono chance capaci di confinare il flusso continuo. Perché se la vita è un fiume, ciò che spinge ogni atomo, è il coraggio.» E senza dire altro se ne va, così, senza salutare. Mentre parlava ha controllato l'ora più volte, è finita la nostra "seduta". E ancora non mi conosce. Un pugno di mosche, un buco nell'acqua, tempo sprecato, come sempre ormai da tre anni. Un dottore vale l'altro. Mi sono solo illusa. Ha spento l'mp3 e ora si dirige verso la buia cancellata, portando via l'oro delle foglie d'Ottobre, la freschezza di un cielo di cobalto, la simmetria del suo viso angelico. Così si spegne il mio ultimo barlume di speranza. Tornerà?

Con l'avanzare di Novembre vengo a sapere per caso che le sue ore di tirocinio sono finite. Era in prova, sottopagato. Le tipe alla reception spettegolano. Io non vengo più analizzata o visitata da nessuno, è dopo Halloween che mi hanno messa da parte. Non so se prenderla bene. Cos'hanno in serbo per me? Sì, so che era Halloween, ci hanno invogliato a mascherarci venendo guidati dalla nostra creatività. Potevo fingermi un'infermiera, finire il turno e andarmene, lo so. Ma non sono poi così sveglia, o me ne sarei già volata via da un pezzo. Io, io sono come quelle sceme intrappolate nelle relazioni tossiche, l'ultima moda, tipo sabbie mobili, peggio delle paludi di Baskerville, neanche fossi un ponie...

Mi confido allo specchio. «È stato divertente? Neanche un po'. Cioè sì, ci sono stati di quegli idioti davvero assurdi, di quelle trovate davvero ingenue... Ma veniamo a me, vediamo, io mi sono, cioè, mi ero, vestita, ma come parlo, travestita, sì, da vampira. Come? Allora:

ho corrotto una della reception portandole cibo, lei in cambio mi ha rimediato un coso cucito tutto nero, di pizzo finto se non sbaglio, ma poi che ne so io, tipo un mantello col bavero alto, di sicuro preso da internet in un qualche sito low cost. Ok ho barato, giusto un pochino. Ho sempre voluto sapere cosa si prova a fare la bad ass. Ed eccomi qui, più tosta di un tost con le sottilette e la salsa barbeque! Io, la contessa Mircalla di Karstein, meglio, Claudia ma senza Lestat e Louis, o Katerina Petrova in versione doppelgänger, o quella super gnocca di Vanessa Ives impersonata da Eva Green, anche se non è una vampira, che look! Eh ma non mi posso tingere i capelli di nero, o i denti, non ho un rossetto color sangue, non posso farmi le unghie affilate o i canini, non sbrilluccico e non mi sciolgo al sole, mica sono una sottiletta, io. E i ntutto questo? Un po' di musica su su! Perché non il remix di Stay di quella gnocca di Rihanna? Una pacchia. Otto mi ha portato la gorgera di velluto. Esistono gorgere di velluto? Poi un nastrino per legarmi i capelli, no non un nastrino, una retina, per fare lo chignon. E poi anche una roba antibrufoli per farmi una carineria. Ma tornando al mio strepitoso costume di Halloween, il tocco finale sono i brillantini d'argento. Indovinate? Mi rendono lunatica: ahahah! Emm, un po' troppo acida? Cosa? Meno panna? Più sexy? Ma se nessuno mi ha insegnato la catwalk poi rischio di finire per terra come un pesce fuori dalla rete appena pescato. No, non la retina per capelli, ma che, il mio chignon non puzza di pesce.» E intanto ancheggio, a dire la verità non so bene come si fa, non so nemmeno da dove sia saltato fuori questo specchio. Non tutte ce l'hanno, io sì. A essere sincera ho una bella serie di piccoli privilegi, da quando le mie imprese sono diventate leggenda. Come se... al manifestarsi della violenza più efferata aumentasse anche la libertà concessa, ergo, aver dissanguato la donna delle pulizie, eoni prima, mi ha fatto guadagnare il primo Halloween decente della mia vita. Comodo!

Sto impazzendo? Edwin, Otto, la tipa della reception, sono mai esistiti? Un paio di infermieri in tuta bianca mi spediscono in uno stanzino dopo avermi sedata, i colori abbandonano le cose insieme ai suoni, la luce si fa sfocata e muore.

Ma non è finita. Mi sveglio nel mio lettino freddo. Dalla finestra sbarrata filtra una luce grigia e biancastra. Vedrò mai il mare?
Mi hanno dato una camera tutta mia. C'è privacy. Che bello.

Mi alzo sistemandomi i capelli alla meno peggio, sbadiglio, mi stiracchio. Che goduria, essere sana. "Uffi! Ancora che mi illudo? Caso perso. Aiuto che brividi, come scotto. Ho la febbre?" Non ho un termometro, come controllare? Dove sono i medici? Un campanello per favore. Sì come no, tanto vale andare a battere alla porta per farmi uscire. "Ma guarda, non è chiusa a chiave." Che novità. Lo è veramente? Non importa. "Smetti di pensare." Mi dico infilandomi le calze sui miei piedini pallidi. Ho il ricambio, finalmente, addio pigiama smorto, adio faccino smunto, addio occhiaie e insonnia, addio labbra esangui, capelli spenti. Che bello essere sana. Mi palpo il lato b sotto gli slip giusto per ricordarmi di averne uno, è dimagrito anche lui, pazienza. È Novembre, sono un crisantemo. Sono il, crisantemo. Ma ci sono crisantemi con i capelli rossi? "Sta' zitto." Intimo allo stomaco imponendo il regime del silenzio, sono Hitler. Cammina cammina mi infilo in un corridoio polveroso, ho le pantofole mica mi do la pena di non starnutire. Quanti echi... no, nemmeno mezzo. Poi una scala a chiocciola, tipo casa stregata. Cornici storte e vuote. Zero certificati, zero trofei, non un servo della scienza. È un luogo di fantasmi. E io fluttuo attenta a non scivolare sui gradini. Non posso giocarmi la reputazione di vampira. Luce? Dove? qui? Penombra, meglio. Voci? La mia ovvio, mica sono schizzata. E i calli? Cremine vi prego! Scherzo, solo i batuffoli di vapore generati dal mio respiro. È comico, da black humor, come dire che figli, nipoti e pronipoti si fanno vivi solo per scroccare la pensione, aspettano che tiri le cuoia e ti fottono l'eredità. Tipo il pocker. Il pocker ti fotte a sangue.

Man mano che non la smetto di salire, comincia a profilarsi l'ombra dell'insanità, benedetta follia mascherata, insieme a una luce morbida e travolgente. Mi seduce non appena la vedo, promette calore, benessere, fa sentire protetta e al sicuro, come una mamma.

Ho voglia di tornare a casa. È la prima volta, non mi è mai capitato. Mi sento dentro una nostalgia nuova. Mi ricorda la voce di mia madre, il profumo dei piati che cucinava, il morbido tocco delle lenzuola. Riesco quasi a percepirla, è qui. Vorrei fosse ancora viva. Mi manca. Ho bisogno di lei. Questo luogo sembra non finire, mi fa sempre più paura. Rimango immobile, a fissare il soffitto.

Senza accorgermene mi lascio portare via insieme a milioni di pensieri. È la prima volta. Nessun posto è come casa, lo sento. Qui non vengo trattata bene, non mi va più di vivere alla clinica.

Mi sporco le pantofole, sono piene di schifo. Ma dove mi stanno portando?

Inciampo. Mi pulisco in fretta i pantaloni pieni di polvere rimettendomi in piedi. Che imbarazzo. O forse no, dopo tutto chi mi guarda? Nemmeno io mi fisserei più allo specchio. Ma chi mi ha ridotta in questo stato?

Tocco una maniglia, la abbasso, tiro avanti ed entro.

È un vasto salone di cristallo. Stringo gli occhi per la luce intensa. D'un tratto scompare, qualcuno ha chiuso le tende spegnendo il grande lampadario d'argento. Confusa frugo nella stanza in cerca di qualcuno.

«Ciao.» Un tocco sulla spalla mi fa cacare in mano.

Girandomi lentamente prendo subito le distanze. "Ma è... bellissima." Penso impallidendo. Rischio a momenti di sfiorare la sua carnagione, se possibile ancor più fredda della mia, di certo più chiara, sembra fatta d'alabastro. I lunghi riccioli ramati le coprono un po' il collo e la schiena, ma non sono lunghi quanto i miei capelli. I suoi occhi color ambra mi catturano in un istante. La curva del naso mi conquista. E quelle labbra, così esangui, fatate, riempiono la sala con la loro voce. Dalla sua gola sgorga una melodia di usignolo, dal suo petto emana una fragranza dolcissima. I suoi riccioli portano qualcosa della notte nel giorno. Sono meravigliosi. La invidio, vorrei essere come lei. Ha un bel seno. E veste come se fosse uscita da un film di Tim Burton, uno di quelli dark, gotici, è proprio elegante. Non come me, che tengo addosso quello che passa la clinica. Ma lei? Dove ha trovato abiti tanto raffinati? E il profumo? Come fa ad avere capelli così splendidi e oscuri insieme? È tutta un mistero. Ha un nome?

«Ciao.» Ripete, più vivace stavolta.

Fa un profondo inchino spandendo la gonna attorno come un sipario. I suoi abiti scuri le rendono giustizia, contrastano piacevoli con il suo incarnato, la rendono simile a una principessa stregata. Mentre io, misera vampira, non so che farmene dei gingilli che le luccicano al collo, ai polsi, alle orecchie. Davanti a lei mi sembra di sfiorire. È giovane, avrà sui vent'anni. Ed è bella, così bella...

«Ciao.» Le faccio eco timidamente. Non so cosa dire. Sono sciatta, impacciata. Mi sento scema.

«Hai bisogno di una ripulita vedo.» Commenta arricciando il naso. Com'è pignola, non è che sono ridotta così male, giusto?

«Tu invece, sembri uscita da un film.»

«Un film? Carino. E quale?» Domanda in un mormorio leggiadro. La sua voce rievoca antiche melodie da tempo dimenticate. Più va avanti, più mi sento insignificante. «Per favore gioca con me.» Mi implora invitandomi con una mano ad andarle vicino. Non ci sono sedie, il vasto salone è pieno di candele accese, ceri pallidi e silenziosi. Le fiammelle mi spiano bianche, somigliando a fuochi fatui. Le sue dita giocano sulla parete intrecciandosi nelle ombre, sembrano divertirla. "Si diverte con poco." Penso rassegnandomi a farle da dama. Cosa ci fa una creatura tanto aggraziata in un posto orribile come Mournful? Il viso rivela un candore ambiguo, più oscuro dei vestiti che indossa. Mi accorgo troppo tardi del momento solenne. Mi decido a muovermi verso di lei, voglio confondermi a tanta bellezza, rubare un po' della sua presunta innocenza, come una vampira, rendere ancora più morte quelle sue parole gentili.

«No.» Scuote il viso dolcemente. «Lo specchio non ti darà conforto. Se mi vieni vicina devi promettere di camminare sulle tue gambe.»

«E in cambio?» Chiedo in segno di sfida. Non mi va più di sentirmi una nullità davanti a lei. come avrebbe detto la dottoressa Herbstein? Ah sì... "«Mistificazione, svalutazione.»"

«Ti insegnerò a volare.» Sospira capendo di aver detto la cosa sbagliata. «Mi spiace zucchina.» Si scusa mormorando.

«Dici a me? va che mi chiamo Melony.» "Che modi." Penso colta da un'ispirazione improvvisa. «Insegnami a essere come te.»

Le candele sono spente, tranne una, lei la ondeggia su un piattino sinistramente.

Cosa ho di speciale?» Sta facendo l'ingenua? Mi vienen il capriccio di farle una pernacchia in faccia, di infrangere quella quiete assurda, di sbatterle il cristallo evaporato secoli prima.

Mi guardo in giro, una stanza spoglia a parte uno sgabello e le candele, ok un paio di specchi, anzi, molti specchi, uno vicino all'altro o anche lontani, più il divanetto rosso scuro, un tappeto orientale. Ma dove cazzo sono finita? Sembra il set di uno show mandato in rovina.

«Ce l'hai un nome?»

La ragazza avanza verso di me cogliendomi di sorpresa. Atorno fa buio. Gli specchi riflettono il bagliore di quell'unica candela. Mi scruta dritta in viso senza distogliere lo sguardo. Emana un improvviso senso di potere. «Mi chiamo Isobel.»

«E questo salone? Che c'è? Sono curiosa. Posso?» Le sfioro delicatamente un ricciolino fuori posto. È proprio bellissima. Non

glielo dico. Mi sforzo in tutti i modi di spezzare il suo incantesimo.
Mi inchioda alla sua immagine come si farebbe con il coperchio di
una bara: la sua funerea bellezza mi opprime.
Prendendomi per mano gira su se stessa. Danziamo. Lei in abiti strani
e raffinati, io, in tuta circa meno quasi, con tanto di pantofole, altro
che scarpine come lei, sembriamo una ricca e la sua serva. Non mi
sfiora neanche per un secondo che forse entrambe siamo assassine.
«Polvere alla polvere.» Il riverbero della sua voce si perde tra le pighe
delle tende. Non ha i vetri sbarrati. Forse non è matta. «Polveri
vecchie e nuove si confondono mescolandosi insieme ai ricordi.»
«Non mi hai risposto.» Mi stacco da lei, dal suo abbraccio, sono io la
vampira, non il contrario. Mi stordisce il suo profumo.
«È arte. Tutto finto. Avevo chiesto io di costruire queste scale, questa
sala, di arredarla così... Senza cose moderne si sta meglio. Mi sento
bene qui. So che è finto ma non mi importa. Anche fuori è così, tutto
finto, voi siete solo persone prese a caso e portate in questa strana
clinicca da dove non si può vedere il mare. Riesci a sentirlo, questo
vento stregato? È come un nero battito d'ali che non sa fermarsi.
Sono le vostre grida, e le suppliche e i lamenti, la disperata ricerca di
una verità. Ma è tutto finto.»
Non sto capendo. «Hai chiesto tu di portarmi qui? Abiti tutta sola in
questa parte di Mournful che nessuno conosce?» Isobel chiude gli
occhi prendendo un gran respiro. Non dovevo interromperla.
Rabbrividisce a sentire quel nome. Inizio a rendermi conto che la
piccola clinica a Hekseren By in cui credevo di abitare sembra
rispecchiare una città fantasma.
«Mi piace vedervi soffrire. Mi rende meno sola. Voi non sapete, non
potete sapere, ma può andare sempre peggio.»
«Peggio di qui?» Sibilo inviperita sedendomi sul pavimento. In uno
sbuffo di vapore mostro un enorme punto interrogativo tipo quello
dell'Enigmista di Batman. Ora ho il sederino pieno di polvere.
Tossisco rumorosamente, che schifo il riverbero. Peggio di una
chiesa.
«Questa non è come la casa di bambole, no, la Doll House. È diversa,
qui non cercano di ucciderti, le persone non si mangiano tra loro, si
cerca la verità perché vivere è scontato.» Sconvolta si tappa la bocca
con le mani cercando di nascondere la smorfia di dolore e spavento
che le sta turbando il viso. Mi fa molta paura. Non la ammiro più. È
come un fiore velenoso.

«Che fiore sei?» Domando tanto per cambiare discorso.
Riflette un momento. «Un giglio credo.»
«Di che colore?» Insisto ingenuamente. Tutto pur di non soccombere
alla mia imperfezione.
«Bianco. Il suo candore è simbolo di innocenza e fierezza, veniva
usato per tante cose, anche dalla nobiltà. Il mio preferito è dedizione
d'amore.» Ma che? Pensa già al principe azzurro? Che stupida.
Proprio illusa.
"Odio l'infodumping." Faccio buon viso a cattivo gioco. Che tipa
saccente. «Ah...» "E ora che dico?" Mi sto impappinando nel nulla.
Magari ci serve solo un po' di silenzio, uno di quelli pieni, carichi di
parole non dette, di sentimenti. Ma quali sentimenti, questa qui ha
l'aria trasognata e triste, fa tanto da funerale, o da casa e chiesa.
Sembra messa perfino peggio di me. Non ha la mia scintilla vitale.
Sarò io a venire prosciugata da lei? forse è il caso di togliersi le
maschere, io non sono una vampira e lei non più la dama d'inverno.
Ma allora cosa siamo? Due internate in ospedale che aspettano di
guarire? Il corvo ripete "Mai più." Nessuno gli ha insegnato la libertà
del silenzio.
Fa gli occhi teneri, in attesa. «E tu?»
«Come?»
«Che fiore sei?»
Mi porto una mano ai capelli. «Un crisantemo.»
«Che bello!» La adoro. Sono incoerente, lei no invece, è tutta d'un
pezzo. Le sue parole sono come polvere di diamante. «Un crisantemo
rosso simboleggia l'amore, anche se in Italia viene usato per la festa
dei morti, porta il lutto, il suo odore ricorda i cimiteri.» Sul volto le si
dipinge un sorriso malato. «È abbastanza oscuro per te?»
Isobel si porta una mano al viso osservandola cambiare insieme alle
ombre, fra i giochi di luce. E tra le varie sciocchezze che blatera
capisco una cosa soltanto. «Come si sta bene qui.»

«Melony tu sei come il Piccolo Principe. Incontri molte persone
camminando sul filo di mezzanotte. Ma nessuna ti interessa davvero.
Vuoi solo tornare alla tua rosa, la nostalgia ti consuma. Non puoi
farci niente, sei fatta così.» La candela si è spenta. Nel buio ci
prendiamo per mano sfiorando i nostri visi. Riesco a percepire
l'intensità del suo cuore. È lei a essere malinconica. Non sono nulla
paragonata a lei. Mina le mie certezze con parole gentili, distrugge il

terreno sotto i miei piedi spezzandomi le ginocchia. Non ho più una colonna cui poggiarmi, né un filo da seguire, posso solo fluttuare nell'ombra, dimenticata. «Dormi Melony.» Mormora avvicinandosi alle mie labbra. «E sogna.» Ci baciamo. Poi, guidandomi per mano inizia a camminare. «Fidati di me. Chiudi gli occhi.» Per un pallido istante credo sia fiera di ciò che sono, mi lascio portare lontano. Sto gelando. E ho paura. Apro gli occhi quel tanto che basta per vedere il suo ghigno malevolo. Con uno spintone mi fa cadere dalle scale. Violentemente finisco per terra, nella polvere. Mi sanguina il naso. Ho un braccio sbucciato. Mi fa male tutto. Non posso gridare, mi manca l'aria. I nodi tra i capelli inglobano tutto il mio essere. Sono solo un misero groviglio di calore, merito di contorcermi come un verme strisciando. Ho fatto un bel volo. Cerco di rialzarmi ma invano. Finisco ancora più giù. E di Isobel nemmeno l'ombra. Nessuno mi soccorre. Continuo a cadere. Avevo costruito due ali con la cera delle sue candele, tradendomi non viste si sono sciolte al sole, un sole che non scalda, il diafano lucore di Novembre. Una luce spettrale, infida, e fatua.
I miei gemiti si placano alla morte del sole. Ora non mi rimane più niente. Piango in silenzio.
Ma poi mi riprendo, con lentezza, torno padrona delle braccia, delle gambe, dei miei stessi pensieri. Mi faccio forza trascinandomi verso l'uscita. Cosa mi aspetta oltre quella flebile luce lontana? Ma è giorno! Perché una come Isobel tiene accese le candele durante le ore luminose? Devo dimenticarla. Le sue parole sono veleno, i suoi baci rubano la vita, il suo tocco è pericoloso, la sua bellezza mendace. «Coraggio Melony, alzati!» Mi dico smettendo di cadere in ginocchio ogni tre passi. Se sono stata capace di reggere gli anni in manicomio, capace di vincere la paura, di uccidere la mia stessa madre, trovare l'uscita è un niente! Con un ruggito più simile a un gemito porto avanti la gamba con la caviglia slogata, mi fa male. Ma non importa, devo andarmene. Non ho più tempo. Ora dopo ora questo luogo mi sta consumando, si nutre dei miei pensieri, delle paure, della disperazione. Mournful è come uno spirito maligno, che ti perseguita più insidioso di un parassita, per non lasciarti mai. È ora di andarmene. Sono stanca. Troverò il modo di evadere, lo sento. Posso farcela.

Sono passati alcuni giorni, credo. Il tempo non funziona più, come prima. E fa sempre molto freddo. Si gela di brutto. Dopo avermi sorpresa a vagare tutta sola mi hanno ricacciata nella vecchia cella dove ero rimasta confinata per tanto tempo. Hanno ripreso i sedativi. E anche le sedute con la dottoressa Herbstein. Non hanno badato ai lividi che mi ero fatta. Hanno curato la slogatura però. E non mi chiedono mai dove sono stata. Otto, Edwin, mi fanno visita ogni tanto. Quindi esistono. Otto più che altro sono io ad andarlo a trovare fuori, quando me lo permettono. Non ha mai visto la mia cella, né i sedativi, né i farmaci che mi fanno bere, né il completo bianco che devo indossare. Quando ci vediamo cerco sempre di farmi bella. Non gli piaccio? Con Edwin invece è diverso. Non parliamo di quanto accaduto un mese prima vicino al laghetto. E non ci prendiamo più nessuna confidenza. Appare distante, freddo, posato, obbligato. Distacco professionale presumo. Fa qualunque cosa pur di non mettermi in pericolo. Ormai l'ha capito anche lui: Mournful è un luogo malvagio.

È ancora Novembre? Chissà. Non esistono certezze, solo sconforto. Non sono più ammessa alle attività ricreative, da quando ho smesso di essere violenta. Non rappresento più quello stimolo necessario per portare avanti l'esperimento. Ci sono altre marionette a condurre la roba sociologica, io sono stata messa da parte, rimpiazzata, trascurata, buttata via. Un semplice oggetto rotto, troppo semplice per le loro skills complesse e in fieri.

Non gli interessa più il mio passato, il mio presente, il mio futuro. Sono meno che un'ombra. Farebbero prima ad annegarmi nel cesso. Non si prendono nessun disturbo, da quando hanno spezzato la mia volontà. Sono ridotta a un rottame, merito di stare qui seduta a marcire. Mi hanno lasciato una sedia bianca in una stanza grigia e verde, è sempre peggio. Non capisco dove vogliano arrivare con me. forse al nulla. il nulla più assoluto sì, l'annientamento fisico e spirituale, vogliono privarmi del libero arbitrio riducendomi a un angelo.

È uno schifo. Un vero schifo. Non come le altre volte. Posso tornare a vagare liberamente, per così dire, tra i vari livelli. È come regredire a due anni fa, a tre anni fa. Siamo ancora nel 2016 giusto? Non si capisce più un cazzo. Qui il tempo ha perso di significato. E tra stanze tutte uguali e corridoi claustrofobici, finti ascensori e scale interminabili mi sembra di marcire veramente.

Interminabili scale ho detto, come quelle da cui Isobel mi ha spinta.

Troiata imperdonabile. Se la rivedo la uccido.

È tutto così disgustoso in clinica, disgustosamente perfetto, programmato, prestabilito. La mia giornata segue sempre lo stesso schema. È come essere prigioniere di un loop infinito, un nastro che si riavvolge in un circolo vizioso legato al nulla. Si è spalancata una voragine nel mio cuore. Una delle più buie. Sembravo a un passo dalla fuga. E ora? Distruggere la mia volontà è il loro unico desiderio. Ormai neanche si mostrano più. Sono prigioniera di una cella bianchissima, con altoparlanti e telecamere nascoste, il cibo viene servito da dei robot sperimentali attraverso piccole porticine, come quelle dei cani. E non ho un letto né una coperta. La mia cella non è riscaldata. Per coprirmi devo tirare su la maglietta bianca, ma non troppo, o resto con metà pancia di fuori. Ho brividi talmente forti da scuotermi le spalle, ormai ridotte pelle e ossa. Sapevano che me ne stavo andando. Mi spiano. Non posso andarmene. Non posso più uscire. La via è chiusa.

Dispero. Di giorno o di notte. Tanto non esistono. La luce è sempre accesa. A volte mi siedo per terra rimanendo del tempo a fissare la luce, fin quando non mi fanno male gli occhi. Ho le labbra secche, screpolate, il seno è dimagrito insieme a tutto il mio corpo. Le guance sono incavate, le sento. Quando mi tocco la faccia non trovo più nemmeno la carne da tirare sotto la pelle, o quasi. Il cibo che mi danno sono tipo gli integratori alimentari. Mi stanno uccidendo, me lo sento. Finirò stecchita entro la fine del prossimo mese, lo so. Il capodanno di sangue di un anno prima pare un lontano ricordo. E soffro. Sempre. ininterrottamente. Non ho altro pensiero. Non penso più. Ho riflettutto abbastanza, ho avuto troppi anni per stare qui a pensare. E se fosse la cosa migliore lasciarmi morire? Non me ne vado, è proibito, sono spacciata, non c'è anima viva, non posso più uscire.

Poi una mattina mi viene mostrato il cielo. Di nuovo un sedativo? No, ricordo, sono stata addormentata col gas. E ora eccomi in piedi con nessuno intorno a me. Sono ben vestita. È la stessa giacca che avevo quando uscivo nel parco. Dove sono? Deve essere inverno. C'è molta neve. Muovendo i primi passi respiro profondamente. Mi sembra di tornare alla vita. Fatico ad accettare la mia rinascita. Ogni tanto getto uno sguardo indietro, per sicurezza. Vivere in quella cella dev'essere stato proprio un trauma, non riesco a scrollarmi il pensiero di dosso. Ma ora sono libera, libera. Merito di poter passeggiare in un parco innevato, silenzioso e oscuro. Non rimpiango di non essere dentro al tetro edificio che abbandono. Muovo altri passi immergendo gli stivali, perché ho degli stivali, fino al ginocchio, nella neve, così candida, così soffice. Le foglie morte sono state spazzate dal vento. Gli alberi sussurrano cose lontane, terribili a orecchie indiscrete, non come le mie. E al centro del prato, vicino al sentiero, c'è una ragazza che gira su se stessa come afferrando i fiocchi magici. È Kim diEdward Mani Di Forbice? No non lo è. Non è bionda, anche se snella. Non ha i capelli lisci, ma mossi. Non ha il vestito delicato, ma un lungo cappotto nero. Cosa ci fa una con i capelli mossi castani, un viso diafano e le dita affusolate in un parco innevato, scalza? Non è Isobel. E non sembra uno dei topi. Non è scappata dalla festa di Halloween. E non credo sia amica di Otto, né una paziente del dottor De Santis, che tra l'altro si vede di rado. Io ho perso ogni contatto con lui. Gli sta bene, non mi ha fatta uscire. E quindi? Chi è questa driade dalle mani più gelide di un cadavere? Sono andata accanto a lei e gliele ho toccate, unendomi alla danza. Ma niente da fare, è troppo fredda. Ha gli occhi color del ghiaccio, il viso ovale come il mio, il collo carino, ma non ha un bel fisico, cioè io non ho un bel fisico, lei è... normale, non è sexy, è soave, è una bambola adatta a delle bambine poco esigenti. Questa ragazza è un cadavere rianimato che muove i fiocchi di neve. Com'è vero che non sono pazza. I suoi movimenti silenziosi aprono tutte le porte. È un bucaneve in un giardino preso da Narnia, è una piccola dama bianca con tanto di naso dritto e cenni spenti. Ci salutiamo a gesti, senza parole. Lei parla con gli occhi. Dona speranza. La seguo lungo il sentiero, oltrepassiamo la cancellata nera e ferrigna, ce ne freghiamo del cielo biancastro, di uno spazzaneve che passa lì accanto, degli esperimenti sociologici. Lei non ha le scarpe e non sembra tremare. Io ho gli stivali e non smetto di guardarmi indietro. So cosa stiamo facendo. Il fatto è che non capisco come sono finita qui. Che Edwin e Otto mi abbiano aiutato? Fuggita o lasciata andare? Non ci devo pensare, basta pensare! Libera. Prendo questa ragazza per mano, mi faccio strada nella neve arrancando, riempiendole la giacca di forfora caduta dal cielo, rido in silenzio, di un riso benevolo e sincero. Senza saperlo sono evasa. Guardo la mia nuova amica, si appoggia a me per non cadere, non sa che sono un'assassina. Non mi chiede niente, spero non faccia domande. Si limita a catturare dei fiocchi effimeri con le sue lunghe dita bianchissime. Un passante qualunque ci definirebbe strambe, impetuose, mortali. Io dico: libere. Guardo la mia nuova amica, le do un bacio sulla fronte, lei toglie dei fiocchi finiti sui miei capelli, sulla sciarpa. Non abbiamo i guanti, il suo tocco da i brividi. Ma la accetto così. Vorrei chiamarla Brooke. Sì ho scelto il suo nome. Mi da speranza. Una speranza voluta dal caso. E lei mi abbraccia. Siamo nate di nuovo. Io, Melony Schemering Van Bloed, sono rinata.

Come incontrare persone gentili porta a pensieri malvagi, così rinnego il senso di libertà, sfuggo alla cognizione del dolore. Cerco la fine dove non esiste, dove non potrà mai essere.
Tornare alla vita non è mai facile. I primi passi nel mondo rimangono scolpiti nella terra, nell'aria, nei sentieri di chi non troverà mai il coraggio, per seguire qualcuno come me. Me. E cosa dovrei avere di tanto speciale pe defirmi unica, indistinguibile dai fiocchi di neve attorno a noi? Brooke mi cammina al fianco, procediamo veloci e a fatica. Siamo già stanche. Io sì. Lei... è strana, più di quanto io lo sia mai stata.
Sembra tutto un sogno e forse lo è. Non mi fido ddei miei passi.
E questa ragazza dai boccoli castani sa chi sono, cosa ho fatto, o non fatto, avrà capito di essere libera?
Ho paura. E tanta. Quasi mi piscio addosso pur di avere un po' di calore. Stiamo arrancando nella neve, avviluppate in un groviglio di ombre. Non possiamo uscire. Ci troveranno, ci prenderanno!
Non parliamo, non c'è tempo per le parole. Il vento inghiotte le mie polemiche strappandomi ogni respiro. Ho freddo.
Brooke cade impotente, non che io sia messa meglio. Ho fame. Farci strada fin qui ci è costato molto. Basterebbero una moto, qualche cane, un elicottero per fottermi una volta per sempre. E poi buttano la chiave. Ma che chiave? Non c'è chiave, porta che tenga. Nemmeno la camicia di forza ha sfasciato la mia volontà. Sono libera, libera.
Ma perché allora non ci credo fino in fondo? Che cazzo. Soffro.
Dove sono finiti i sogni, la magia, le aspettative di un mondo nuovo?
Crollo accanto a Brooke. Trattengo il fiato, come se qualcuno mi avesse premuta in un cesso.
Voglio tornare a casa, a Cinderville. Qui non c'è niente. Mi avevano promesso il mare, ma io vedo solo l'ombra di anni finiti. È un luogo non luogo, un limbo nevoso, una zona fantasma. Mi sembra di venire

schiacciata da sbarre invisibili, dita invadenti, sto male.

E ora?

Un respiro, poi un altro; un passo, poi un altro. Penso a Isobel, alla dottoressa Herbstein, al cultuo dei topi, mi prende una rabbia che spaccherei i muri. Ho gli abiti inzuppati. Le mani non tremano più. Ho preso la neve a pugni troppe volte. Ma ho ancora la forza per un ultimo assalto. Così mi rialzo. E avanzo. Trascino Brooke con me. Non bastavano i medici, la società, il pregiudizio, ora anche la natura si è messa contro di noi. Fotte sega, in culo! Posso farcela. Ce la dobbiamo fare.

Il contatto delle nostre dita produce calore, e coraggio. Così facciamo un passo insieme.

Il futuro sembra un muro invalicabile. Il passato protende artigli lunghissimi. Perché il manicomio o quello che era mi sa che non ci ha lasciate andare. Stiamo scappando, presto o tardi ci trovano, scontato. Ma allora perché darsi tanta pena? Non è forse meglio morire qui, dolcemente, piuttosto chevivere confinata in catene? Catene invisibili, strazianti, più fredde di questo gelo che mi consuma e stordisce. Vorrei una tazza di latte, qualcosa da mettere sotto ai denti, una coperta, due pantofole calde, non voglio più combattere, sono stanca, tanto stanca. Io e Brooke ci teniamo per mano, ma non abbiamo la forza per guardare avanti. E il suo silenzio apre tutto un mondo all'improvviso, chissà chi è, come si chiama veramente, se ha una famiglia, se ha mai conosciuto l'amore. In quel caso sarebbe più fortunata di me, che senza amore ho vissuto nella paura.

E pian piano ci trasciniamo senza gli abiti adatti, siamo vestite per un autunno di cenere, non per questo inverno di morte. Poi scompare la neve, se ne va, inizia a sciogliersi. No. C'è una folta schiera di alberi spogli che ci deride prendendomi per il culo. E poi c'è un rumore. Scattando in piedi cado in avanti, mi rialzo e mi strappo la giacca di dosso sollevandola in alto. «Siamo qui, siamo qui! Aiuto!» Prendo a urlare. Brooke è in piedi accanto a me, apatica più di prima, d'un tratto mi giro, ha il viso sciupato, rigato di lacrime, sta piangendo. La compassione mi spinge a gridare più forte a correre in mezzo alla strada, a fregarmene del cielo grigio schifo e della neve sporca e del fango e del silenzio spezzato. Agito le braccia facendomi quasi investire.

Il bus si ferma.

Una suora scende a vomitare, un'altra la accompagna. Un gruppetto ci viene incontro sorpassandoci, sembrano a loro agio.

«Hey tu, ma che ti prende?» È l'autista, spero ci salvi. È incazzato. «Qualcosa non va?» Domanda dandosi una calmata, forse merito della sigaretta che si è acceso.

Quasi annaspando mi fiondo verso di lui, ansimo come una cagnetta ferita, mi porto le mani al petto, alla gola, respiro a fatica, crollo per terra, i rossi capelli al vento, il passato reso alla cenere. Ma non stramazzo al suolo. Brooke non si vede più, ah, è vicina, ma non dice niente, non alza un dito, apatica, meccanica, in perenne disarmonia. «Casa...» Sussurro sputacchiando. Ma il tipo non mi sente. Anche a motori spenti non riesco a sovrastare l'ululo del vento che sposta le foglie secche, quelle morte, o mai nate, insieme ai miei desideri. «Dobbiamo andare a casa.» Dico avvicinandomi al finestrino e mettendomi in punta di piedi, mi appoggio alla portiera stremata, indico Brooke, poi me, infine il pullman.

Il vento agita i miei capelli facendoli andare negli occhi, ho il naso arrossato, non sento più le dita dei piedi. E Brooke come sta? Per un attimo fingo che non ci sia, mi concentro sull'autista, sulle suore che ci salutano.

Ci sono suore slave, suore abbronzate credo italiane, vedo l'immagine di una santa, penso a mia madre, quella stessa madre che ho ucciso senza pentirmi. Cado in ginocchio dopo aver fatto i gradini del bus senza permesso. Nessuno mi sorregge. E per fortuna che i capelli coprono il mio viso, mentre sorrido, nascondono quel lampo di malizia che non mi abbandonerà mai. Sono salva? Sento una mano sulla mia spalla, Brooke. Afferrandola la porto a sedere. Le suore ci parlano, si mettono a cantare e a mangiare, a ridere e a dormire. Partiamo. Hanno avuto pietà di noi. Perché nessuno ci ha fermate? Ah se solo sapessero: tra loro si nasconde un'assassina, io. Siamo salve?

Le ore che seguono si ripiegano su loro stesse come ali di un condor nerastro, smettono di esistere, si dissolvono nei sogni, immagini subito dimenticate, suoni senza origine, colori senza destinazione, odori nuovi e antichi. È finita? Brooke guarda fuori dal finestrino. E io, la testa che ciondola, stringo gli abiti inzuppati fingendo di star bene. Ma non è così, sono fifona, mi sto cacando addosso dalla paura, o quasi. Perché man mano che ci allontaniamo da Hekseren By, quel posto fintissimo, la città delle streghe in riva al mare, dove le streghe non esistono e il mare non canta, inizio a percepire una sensazione nuova pervadermi, tipo una roba che somiglia a... alla speranza.

Come potrò rifarmi una vita se non ne ho mai avuta una? "Un passo alla volta." Mi dico stringendo le dita infreddolite di Brooke. Non so niente di lei. E se l'hanno mandata per spiarmi poi che faccio? È così tenera e dolce, strana, gentile, premurosa, è una volpe artica ma morta, imbalsamata e poi resuscitata per me. Sto impazzendo. Penso a Isobel. Cosa ne sarà stato di lei? È mai esistita?

Così travolta da mile pensieri neanche mi accorgo che le suore non ci porteranno con loro, ci fanno scendere, ora quella apatica sono io, tutto mi è indifferente: Brooke che prende i soldi, che ringrazia con un sorriso restituendo calore, che mi porta verso una panchina. Linee gialle, cosa? Binari. Ferraglia. Tetto di merda. Cielo oscuro, no, bianchissimo. Binari neri per un viaggio oscuro, ecco che riparte il mio loop impuro. Guardo Brooke, le sto accanto, poi facciamo due passi, torniamo per non perdere il treno. Quando abbiamo preso i biglietti? Saliamo, ce ne andiamo, da dove non lo so, destinazione Cinderville. La voce artificiale dell'altoparlante mi scivola addosso lasciandomi nella stanchezza. Tutto ciò che mi rimane è questa depre da due soldi che resta e non se ne va via. Non può, o non vuole. Non sono io a volerla. E rimane, rimane. Rimane. E tuto scorre come foto sbiadite in una galleria di film in bianco e nero, nero e bianco, la scala dei grigi che evapora nella mia fantasia. Malata. Sono malata. E Brooke lo sa. Ora è lei a prendersi cura di me. Dopo tutto mi ha salvata, devo riconoscerglielo, ma non dico niente. Non mi va di esprimere gratitudine, di fare la brava bambina. Senza dire niente mi chino verso di lei spostando il lato B sul bordo del sedile, siamo sole, la guardo negli occhi e la bacio, sulle labbra, il suo sapore mi conquista. Ora sono sua.

E fuori il mondo svanisce, ogni cosa rimane indietro, troppo distante da questa nuova felicità, la prospettiva del tutto che mi scivola tra le dita. Tutto è dark, di mattina e di pomeriggio, tutto è dark: le case, le città, gli alberi, le strade, le rotaie, i binari, il treno, i nostri vestiti, il mio umore, il passato, la nostalgia, la malinconia, sì, perfino Brooke sembra ammantata di nero, del nero della notte, così soave, così seducente, suadente, mi invita a unire il dolore al piacere, a bere da una coppa avvelenata, posando la testa, appoggiandola indietro, delicata, chiudendo gli occhi, per nuotare in un nero infinito, per accettare la mia lucida follia.

IL RAMO D'ARGENTO

Se la vita fosse una fiaba, cammineremmo in un campo solitario con aria pensosa fino a cadere, addormentati. Se la vita fosse una fiaba andremmo avanti senza dare peso al tempo, fingeremmo che la vita sia una serie di prove, tenderemmo alla felicità. Io ero così.
«Come? Branwen?» Mi feci ripetere l'accaduto per la seconda volta. Ero sconvolto.
«La tua sorella adottiva è morta di dolore povero Bran, rassegnati alla malasorte finché puoi.»
«Mi piange il cuore.» Era vero. Mi sentivo male ripensando alle corse, agli svaghi tra fratelli in un'infanzia perduta. "Perduta sì, perduta per sempre." Crollai sull'erba nascondendomi il viso tra le mani. «Lo hai detto a Sceolan?» Domandai sforzandomi di riprendere il controllo.
«Non ancora.» Rispose Samaliliath. «Forse una birra ti aiuterà a schiarirti le idee Bran.»
Mi sentivo schiacciare dall'improvviso cordoglio. Ero in lacrime.
«Ierne è devastata. Dove la tumuleranno?» Samaliliath farfugliò qualcosa che non mi diedi neppure la pena di ascoltare. Sentivo nascere in me una forte determinazione, dilagare l'istinto di fuga, volevo andarmene da quell'isola maledetta. «Quanto hai ricavato? Rispondimi. Quanto?»
«Prima delle battaglie? Molto. Ora... Non saprei, non abbastanza.»
«Basterà per due navi?»
«Una soltanto, mi spiace. Spenderemo tutto per le provviste e la ciurma. Posso chiedere per dove ci stiamo imbarcando?»
«Ovunque ci porti il vento. Nessun posto è peggio di qui. Non intendo restare. Avvisa Sceolan e gli altri.»
L'uomo dai capelli flosci azzardò un passo a sinistra calpestando merda di vacca. Imprecò. Prese lo slancio e si mise a correre verso il luogo in cui teneva la birra. Quelle settimane avrebbe avuto parecchio da vendere.

Quel pomeriggio non dormii. Faceva caldo. Non salutai il venditore di birra durante la sua partenza. Ero triste, inconsolabile.

«Tutto bene?»

«Perché lo chiedi Sceolan? Impara a tenere la bocca cucita e non latrare come un cagnolino inesperto.» "I cagnolini non latrano." Ricordai con una punta di mestizia. "Dove andare? Dove trovare la pace dell'anima? Un po' di quiete?" Ero assalito dai dubbi. Quella sera non mi unii ai festeggiamenti per aver vinto la guerra. Avevo perso troppi compagni lungo la strada, cedendo a tranelli e insidie mi ero giocato il loro futuro a una partita. Alzarono i corni, danzarono, celebrarono la fine dell'estate dimenticandosi della mia presenza.

Io osservavo cupamente dallo scranno solitario. Essere vedova di un re non contava niente. Quando giunse Samhair vennero suonati flauti e cornamuse. Il fuoco scoppiettava allegro accogliendo la figlia di Finn con il proprio calore. Lui era morto di vecchiaia, ma in pochi lo sapevano. Aveva chiamato i suoi due cani Bran e Sceolan in segno di omaggio o di scherno, nessuno avrebbe saputo dirlo con certezza. I Fianna si erano sparsi per l'isola inserendosi nei clan e nei regni, tenendo cara la propria libertà. Lei non li aveva seguiti.

Samhair aveva dimostrato di sapersi scrollare di dosso il lutto con una tale fierezza da far impallidire qualunque altra vedova. Non si era concessa a nessun altro, non aveva implorato per tenere saldo il potere. Appariva distante, distratta. Partecipava a una festa dopo molto tempo. I nostri ragguagli non l'avrebbero fatta sfiorire. Non rimpiangeva di non essere più una regina.

Aveva rinnegato il marito dopo che Cormac mac Airt si era dovuto allontanare da Tara essendo stato acciecato a un occhio. Ormai i nomi, i luoghi, le vicende passate non contavano più nulla. Solo il senso di impotenza del mio lutto perpetuo si stendeva, greve come un sudario di ombre.

Fu l'unica, oltre Sceolan, a cui confidai l'interpretazione che davo ai miei sogni. Convincere gli uomini e le donne dopo qualche boccale di birra si rivelò facile. Portare Samhair dalla mia parte fu estenuante. Quando lo fece non venne da sola.

Prendemmo il mare accompagnati dalle nnavi di Brendan e di Mael Dúin.

Costeggiammo l'isola senza separarci. Approdammo sul lato orientale poco più a sud delle coste ovest del regno di Alba.

Brendan e Mael Dúin non si fecero scrupoli a precederci.

«Patritius?»

«Proprio così. E tu devi essere...»

«Principe Bran.»

L'uomo storto tese una mano verso il volto di Samhair. Lei si lasciò sfiorare per un momento. Attorno cadde il silenzio. «Hai un viso familiare.» Le bisbigliò all'orecchio. Io ero vicino e udii distintamente che stava trattenendo il respiro.

Thorgest si schiarì la gola a disagio. A un suo segnale tutti si ritirarono incamminandosi verso l'accampamento. Rimasi da solo con il padrone della costa.

«Posso chiamarti Maewyin?» Il monaco fece di no con il viso. Era così facile cambiare nome, cambiare pelle, rinnegare le sofferenze di un tempo in nome dell'avvenire?

«La ragazza...» Esordì titubante. Non sapeva come continuare.

«È la figlia di Finn, sorella di Oisin. Ed è per Oisin che sono arrivato.»

«Non lo troverai qui. Ha intrapreso un sentiero a me oscuro, si è perso tra le brume spinto da una visione.»

"Quale visione?" Il monaco parve intercettare il mio pensiero.

«Anni fa disse di aver visto una puledra bellissima, di esserne stato rapito a tal punto da iniziare un viaggio fino a trovarla. Era Niamh la fata.» Pronunciando queste parole il suo viso si rabbuiò. «Non intendo rattristarti narrandoti l'intera storia.»

«Conosco la storia.» Non ne ero del tutto sicuro, ma era vitale infondergli coraggio. «E infatti si dice che sia stato tu ad accompagnarlo verso l'ultimo viaggio, al trapasso, ammesso che una vita possa finire.» Patritius spalancò le braccia. Non negò niente.

«Non ti svelerò la rotta che intraprese, né il motivo che lo spinse ad amare quella terra, quella visione, quella dama dai fini capelli dorati. Non cercare di emulare il suo stesso sentiero.»

Accigliandomi camminai nella sua ombra. «Ma io non sono venuto fin qui per farmi fermare da un monito. Sto andando ad est insieme a Thorgest. Hanno tentato di annegarlo nell'entroterra e Samhair lo ha salvato. In lei arde lo stesso fuoco di Finn, ma anche il buon discernimento di Cormac il re defunto. È la disperazione a spingerci tutti a partire, non il desiderio di avventura.»

L'uomo mi guidò verso l'accampamento prima di sera. «Non c'è mai un'unica via. Per esperienza so che si sceglie la fuga per trovare se stessi. Ma attento a non cadere negli sbagli di chi ti ha preceduto o di chi ti accompagna. Se insisterai non potrai più resistere al richiamo del mare. E anche quando vorrai toccare terra per ricostruirti una vita, la permanenza ti sarà reclusa, sentirai una serpe attorcigliarsi e morderti le viscere, toglierti il sonno tenendoti desto di giorno e di notte, finché alla fine, stremato dalle mille fatiche, non riprenderai il mare, per non fare più ritorno.» La voce gli si spezzò.

Io piangevo in silenzio. Patritius mi passò un braccio attorno alle spalle. Era alto e magro, si era tinto la barba per non mostrare il biancore del suo vello, l'evanescenza brizzolata dei capelli castani. Presi un respiro. «Ierne è nel caos. Non c'è nessuna ragione per me di restare.»

«Allora pensa ai tuoi compagni, non sacrificare le loro sorti per un tuo desiderio.»

Staccandomi da lui accellerai il passo, lasciando che arrancasse dietro di me nella sua stolta umiltà. Che ne poteva sapere lui? Il profumo del ramo d'argento, il candore del fiore bianco, la melodia della musica dell'altro mondo che riuscivo ancora ad udire, ogni cosa gli era preclusa, solo io potevo centellinare il sapore della conoscenza, in un moto di orgoglio o follia, solo io custodivo il segreto influsso che il nome di Niamh aveva su di me. E non lo avrei reso manifesto. Pensare a lei per me era come una droga. E mi spingeva a fare cose impensabili. Perfino a portare i miei compagni verso la gloria o la rovina. L'oceano che ci separava non era nulla se non un misero spazio tra due mani che si sfioravano, gli orli di ciglia sottili e dorate che incontravano le mie, potevo quasi sentire il suo respiro, il suo richiamo!

Esaltato scivolai tra le case del villaggio di pescatori senza mai fermarmi a parlare. Non volevo esplorare. Nei miei occhi c'era solo Niamh, l'unica presenza a riempire la voragine incommensurabile del dolore.

Venire fin lì non era stato vano. La mattina avevamo notato strani cenni verso di noi, come se gli abitanti facessero nascere e anzi alimentare l'ombra del sospetto nei confronti di qualunque straniero, perfino se proveniente da angoli meno remoti della stessa isola. La neve cadde fitta, evento più unico che raro. Le coste quasi si ghiacciarono e i passi divennero gelati. La brina ricopriva ogni cosa. Le persone vestivano di lana nera, come noi. Samhair insegnava a Sceolan come tirare con l'arco. Thorgest intagliava una testa di lupo a guardia della grande casa di legno. Capre e caprette smettevano di brucare. Alcune davano latte, formaggio, carne o corna. Noi donammo le migliori trote di mare che avevamo pescato. Samaliliath invece distillò un liquore puzzolente in grado di stendere un mulo, aveva finito la birra. La principessa dei Fianna aiutò il vecchio a prepararne dell'altra, sembrava a suo agio in quella piccola comunità. Eravamo quasi tentati di restare. Si respirava buona aria, non c'erano aggressioni o razie, nessuno veniva a disturbare la costa.

«Ma i pericoli non vengono dal mare, o da altri Gaelish, ma dagli elfi.» Mi confidò Patritius come preparandosi a una grave rivelazione.

Una fredda selva di luce bianca faceva da contraltare ai bui cunicoli che si profilavano oltre la costa, verso nord. Erano le dimore degli Svartàlfar: saccheggiatori e predoni, gelidi come il ghiaccio, candidi come neve, mordaci come frecce avvelenate, silenziose ombre nella notte. Gli elfi neri portavano via donne e bambini per fini occulti senza lasciare tracce. Se all'inizio sembravano nient'altro che uno spauracchio, ora si infiltravano nei villaggi limitrofi in memoria dei tempi andati. Non troppi anni prima infatti avevano appiccato il fuoco nel castello del signore di una terra lontana rapendone la figlia, una terra molto a nord, molto a est, un luogo nell'ombra, che si vede di rado ma si percepisce intensamente, qualcosa che si aveva paura a disegnare sulle mappe. I Dämerung li temevano da quando si erano stanziati a est della grande isola. Come mai si erano insediati vicino a Patritius?

Non li vedemmo mai, ma la loro presenza era costante, un fremito palpabile. Non sapevamo come fossero fatti, se fossero alti o bassi, nani o giganti. Conoscevamo solo ciò che il monaco ci tramandava. Thorgest fu l'unico a esserne veramente colpito. Portandosi una mano al cuore taceva e smetteva di bere o mangiare a una loro menzione.

Patritius spiegò il brandello di stoffa accanto al fuoco invitando me, Brendan e Mael Dúin ad avvicinarci. «Tre foglie collegate a un unico stelo.» Disse in tono solenne. Con la punta del bastone tracciò tre linee che si separavano sulla sabbia illuminata dalle fiamme. Che cosa voleva che facessimo? «Il biancospino qui cresce in inverno.» I suoi enigmi non trovavano un senso.

Samhair soffocò un risolino riparandosi la bocca con una mano. Sceolan ammiccò. La Fianna non lo guardò nemmeno. Lui arrossì. Mio fratello era un caso perso.

«Quel dannato ha spinto uno dei miei esploratori oltre la gola. Si finge allegramente folle, ma spesso inventa scherzi terribili, strappa le teste per giocarci a palla, corre in mezzo ai mercati e prende a calci le giovani donne, rapisce i bambini per divertirsi a vederli piangere. Si diverte a mostrarsi docile per essere cavalcato, ma appena montato parte in un galoppo spericolato affrontando dirupi e fiumi gelati. Le sue vittime preferite sono in genere gli ubriaconi, che poi lascia liberi all'alba. Non siamo riusciti a stanarlo, pur sapendo che il suo cibo preferito sono il bestiame e i bambini, ma risparmia i nani e gli elfi, dicono.»

«Che razza di creatura era?» Domandò Sceolan cambiando posizione sullo scomodo pagliericcio.

«Era un Pookha. Offre il suo dorso a disgraziati e sprovveduti viaggiatori. Li trasporta in luoghi fangosi e sperduti scaraventandoli in mezzo alla melma e alla fanghiglia. Generalmente è innoquo senza contare le teste staccate dai colli. Non è di lui che ci preoccupiamo. Il suo umor nero non piacque a Thorgest.

Samhair prese la parola. «Cosa ha spinto queste presenze ad abbandonare le coste del Dänland per venire fin qui? Si preparano forse ad ataccare la grande isola?» Alludeva agli Svartàlfar.

Patritius tossicchiò dopo aver ingoiato una lisca di pesce. Leccandosi le dita spinse lo sguardo lontano, oltre le pendici di tetre colline. Quei profili gelidi e innevati parevano celare ogni sorta di insidie. Sorridendo rischiarò il mio animo. «La croce solare.» Esibì il simbolo ricamato sulla tonaca scura.

«Gli elfi neri.» Ripeté Thorgest allungando una mano verso una salsiccia con aria scettica.

Patritius annuì. «Oltre il pozzo c'è la porta per raggiungere gli Svartàlfar.» Indicò scostandosi in fretta dallo spiraglio di tenebra. Eravamo giunti sulle sue rive alla ricerca di Oisin e invece avevamo trovato il santuomo con i suoi discepoli. Predicava la pace e l'onestà, dispensava buoni consigli e non reclamava alcuna rivalsa sul proprio passato di schiavo.

Rimanemmo svegli fino all'alba. Alzandoci andammo a raccogliere le nostre cose, a richiamare i compagni resi pigri dalla sosta più lunga del necessario. Non avremmo svernato a Ierne, era tempo di issare le vele.

«C'è qualcuno che vorrei farvi conoscere. È tornata pochi giorni fa dalle colline. Si chiama Margrèt, dice di essere stata allevata dagli

Svartàlfar.»

«Un nome straniero.» Rilevò Samaliliath con interesse, tentando sbadato di sistemarsi la massa di capelli spumeggianti mossi dal vento.

Una timida fanciulla bassa e pallida uscì da una capanna vestita di abiti scuri. I suoi capelli erano mossi e d'oro e il naso sottile. Perfino Sceolan rimase senza parole.

"Il profilo delle sue ciglia è tutto un inganno, la curva delle sue labbra rinnova la storia." Pensai fra me esaminando la nuova venuta. Abbozzando un inchino sfolgorò in un sorriso. Le gonne si sollevarono mosse dal vento rivelando un paio di calde brache nere, probabile eredità degli elfi. Non portava armi o indumenti con sé, né oggetti né ornamenti, solo la tunica e il farsetto di lana. Provava freddo?

Samhair non le rivolse un cenno di saluto. Samaliliath indugiò sui suoi seni piccoli. Sceolan sbirciò il suo didietro. Brendan e Mael Dúin presero il largo senza badarle più di tanto. Ma il vecchio tricheco alzò il corno verso Patritius per poi afferrarlo rudemente.

Nel vedere la sua fronte aggrottarsi Thorgest allentò la presa sulla spalla del monaco. La fanciulla tremava, così l'uomo le diede il mantello sganciandosi la fibbia d'osso. «Che si aspettava? Elmi di corna e draghi marini?» Nessuno rispose e l'imprecazione del Noringen si perse nel vuoto. Una brezza più grigia coprì ogni suono, non lasciando altro che il ruggito delle onde.

«Sia la strada al tuo fianco, il vento sempre alle tue spalle, che il sole splenda caldo sul tuo viso, e la pioggia cada dolce nei campi attorno e, finché non ci incontreremo di nuovo, possa la Dèa proteggerti nel palmo della sua mano.» Patritius recitò queste parole come una benedizione. Stringendoci in un abbraccio concludemmo l'addio. Ci lasciavamo in buoni rapporti, avevo la risposta che cercavo.

Prima di andare però mi volsi un'ultima volta a contemplare la verde foschia che avvolgeva tenue quella sponda di Ierne. «Va' avanti.» Mormorai spingendo la ragazza delicato.

Margrèt non fece i capricci. Non guardò mai Patritius in faccia. E non gli rivolse il benché minimo cenno di saluto. Non gli augurava gioia o prosperità. Un vago timore superstizioso ci serrò il cuore.

Ci attendevano due anni di esperienza: la corte di Aurelia, il regno di Ingvar, la dama di Stirling, la discesa nel Wendland e ora, seguivo i cosiddetti figli di Arngrim senza meta. Loro erano spinti dalla vendetta, io negavo la nostalgia. Nulla di tutto questo avrebbe lenito il mio tormento perpetuo.

GIGLI AUTUNNALI

Era notte.
Mi infilai le scarpe in silenzio uscendo furtiva dalla mia stanza.
Dovevo stare attenta a non farmi sentire. Mamma e papà stavano dormendo.
"Che ore sono?" Mi domandai prendendo il cellulare in mano. Le 2.45 di mattina.
Scrollandomi di dosso la cappa di apatia divenni un tutt'uno con le tenebre.
Fuori il freddo si avvinghiò a me con violenza strappandomi un sospiro.
Ero vestita leggera, non avevo né guanti, né sciarpa, né cappellino, né un cappuccio. Fregata.
Scesi lungo il sentiero allontanandomi dalla canonica. Addentrandomi nella foresta usai la torcia del telefono come fonte di luce.
Un'ora dopo tornai a casa.
La mattina nessuno si era accorto di niente. La povera, ingenua Emily aveva soltanto dormito.
Tornata mi ero tolta le scarpe sporche di fango prima di entrare, avevo già posizionato le pantofole, non era stato difficile evitare il gelo del pavimento. Una volta in camera mi ero spogliata alla flebile luce di un fiammifero. Con la porta chiusa a chiave mi ero detta che andava tutto bene. Cosa stavano sognando mamma e papà? Per fortuna fuori non c'era la neve. Svanita e riapparsa, come un fantasma. E nel silenzio della notte ripensai a quanto accaduto. Ero fiera di me. Anche Elayne doveva esserlo, presto si sarebbe trasferita da noi, ancora non lo sapevo eppure...

Venne a prendermi Brenda. Era Sabato, che belllo! Dove saremmo andati? Lieta di poter rivedere le figlie del becchino feci i kilometri con lei. Adoravo la loro casa. E camminare faceva bene.

Un cupo cielo grigio scuro spostava le nuvole come tessere di un domino.

Non parlammo. Brenda si mostrò di poche parole, io obbedivo qualunque cosa mi chiedesse, mansueta come sempre. Lei, invece, avanzava a fatica. In realtà non avrebbe dovuto sforzarsi così tanto, era incinta.

«Prendi.» Mi passò una bottiglietta giallo chiaro di disinfettante. Ma quanto era ossessionata? «Mettitelene un po', no non così tanto. Aspetta.» Sibilava, imprecava fra sé. Da qualche parte nella mia mente oscura mi accorgevo di quanto apprezzasse il mio silenzio perenne.

L'andatura costante la fece ansimare. Ci fermammo un attimo per poi riprendere il cammino.

Dividemmo l'ombrello in mancanza di alternative.

E lla foresta ci osservava, spettrale, infida, ingannatrice. Si sarebbe divorata Brenda con il suo bambino. Io sarei stata testimone.

I capelli biondo miele le pendevano sulle spalle scarne. Il viso sciupato restituiva tristezza. Lo sguardo ansiogeno, poi, non faceva che tenere il mondo intero sotto pressione. E per cosa? Per un misero, singolo attimo di pace? No, non quiete, voleva silenzio. Ero l'unica a poterle offrire quel privilegio.

Non portavo auricolari, non ascoltavo mai musica camminando.

Non appena intravista la scura sagoma della loro dimora, mi affrettai a scrivere sul cell: "Grazie signora Brenda". Lei annuì decisa. Che portarmi con sé la facesse sentire una donna migliore?

Mi fermai un attimo al cancello lasciando che la padrona di casa infilasse la chiave nel portone. Pensava tutti al sicuro agendo così? Scrutai il giardino provando a rivivere un certo momento fisso nella mia testa, risaliva esattamente a un mese prima, che soddisfazione sapere di esistere.

Quando entrammo vidi molte ombre. C'erano davvero tante persone: la figlia grassa, quella anoressica, i gemellini, la bambina mezza creola, il becchino, la sua figliastra, la nonna affaccendata, la bisnonna con la paralisi, c'era Thew. E c'era Yvonne.

Brenda non degnò il marito di uno sguardo. Nel giro di un minuto il mondo prese a girare più velocemente, tutti si affrettavano a concludere i loro compiti prima che la madre ne notasse la negligenza.

La neghittosità di Céline mi disturbava. Era seduta con il suo ragazzo, rannicchiati sul divano con i calzini.

Cercai Volonté e anche i gemellini. Salutai Denise ma lei non mi badò. La nonna corse per armeggiare con qualche tubo. Sua suocera doveva stare male. intanto la ragazza nuova, la figliastra del becchino era scappata via, su dritta in camera sua. Aveva anche una camera quindi.

Era facile stare a guardare, ignorata da tutti. Capire cosa pensassero invece risultava parecchio difficile. Gente strana quella della Bretagna. A Nievland sappiamo sempre cosa fare e come farlo. Questi demonietti invece si confermavano ancora stranieri, incapaci di adattarsi alla semplicità offerta dal nostro Paese. E questo si applicava soprattutto a Luzburg, il nostro tetro paesino dimenticato.

Andai in cucina.

Yvonne stava bene con quel vestito. E il signor Rikven si era messo a posto la camicia. Lo salutai contenta con un cenno del viso.

E Thew? Non ci eravamo mai visti prima. Stava alla finestra, pensoso. Che cosa stava immaginando? Il suo riserbo mi incuriosiva. Se solo avessi potuto parlare...

Tutti parevano avere l'emicrania, come se alla comparsa di Brenda l'atmosfera felice si fosse dissolta.

Quando furono pronti uscimmo a immortalare il momento. Non sapevo dove stare, alla fine andai a mettermi vicino a Thew per la foto ricordo. Il suo distacco emotivo mi intrigava, non voleva reagire alle sfuriate di Brenda o ai battibecchi dei bambini, era apatico, assente, vestito di nero come tanti di noi, ma più elegante, ricercato. Era un figo.

Subito dovetti rimangiarmi i complimenti. Il signor Litwick si portò una mano agli occhi contorcendo il viso in una grande smorfia di dolore. Era la luce a ridurlo così. Yvonne gli prese una mano, alla sua destra. Fu allora che vidi: l'occhio sinistro era più piccolo dell'altro, deforme, appariva grigio-azzurro e biancastro, la pupilla non si vedeva. In fretta indossò un paio di occhiali da sole senza emettere un gemito. Cercando di ricomporsi alla svelta provò a confondersi tra gli altri, invano: era l'unico a coprire gli occhi, gli accessori stonavano con il paesaggio cupo e autunnale. Il cielo pareva volersi beffare di lui nel proprio chiarore perlaceo, Thew lo sapeva. Nessuno a parte Yvonne fece caso a queste cose. Solo io le notavo. Quando venne il momento sorrisi passando furtiva una mano attorno alla catenina nera che portavo al collo e che nessuno aveva visto. Thew fece insinuare un suo braccio sfrontato attorno alla mia vita, io tenevo le mani in grembo. Sorridemmo tutti quanti. Rimanemmo così finché nonna Jo non ebbe scattato la foto, anche se nessuno era veramente felice, forse io sì però.

La giornata si confermava buia. Buia per il meteo, buia nel carattere dei miei compagni di viaggio, buia nei loro abiti, nei miei, nella paura che silenziosa si faceva strada nei nostri cuori. E il cuore di Yvonne era oscuro.

Lungo il tragitto mi sforzai di non guardare Ginevra. Le gocce di pioggia adornavano il finestrino vicino a me. Faceva caldo. Per questo Thew non si era messo la giacca?

Quando scesi, le persone che erano con me si sparpagliarono in ogni direzione, chi per fare pipì, chi per esplorare, chi per avere un po' di privacy.

Io mi accontentai di fantasticare riguardo la probabile presenza di gnomi e folletti. La foresta aveva orecchie, poteva sentire.

Thew non si vedeva più. Yvonne stava imbambolata presso uno specchio d'acqua, così cercai compagnia altrove.

Roland e Clorinde quando mi ebbero a portata di mano mi tirarono a loro saltellandomi attorno. Eravamo soli. Denise era tornata alla macchina. Per un attimo Richard vestito da necroforo, la carrozza funebre, il terribile silenzio che era parso inghiottirci mi avevano fatto impressione. Ora però, in compagnia di quei folletti della Bretagna mi sentii rincuorata. Forse loro mi capivano?

«Vieni Emily!» Mi chiamarono caracollando verso un piccolo spiazzo erboso.

Per poco non rischiai di cadere. "Per un pelo di fica." Pensai sinistramente compiaciuta.

Se solo avessi potuto avrei chiesto loro di aspettare. Presto mi persi tra gli alberi.

Contorti riccioli di nebbia parevano lambire i miei abiti. Simili a nastri sottili, rovi appassiti minacciavano il mio cammino.

Trovai i bambini che già erano di ritorno verso l'auto. Mi unii controvoglia.

Salii subito seguita da Thew. Si sedette accanto a me, lasciando che gli altri si prendessero i posti avanti. Adesso eravamo noi a stare scomodi. Non capivo perché non volesse andare vicino a Ginevra. Affrontammo ancora qualche minuto di viaggio.

«Ciao Emily. Hai un buon profumo: è buono, è misterioso.» Esordì a bbassa voce. «Come si chiama?» Fece passare le dita attorno ai miei mossi capelli scuri. il suo tocco mi donava sensazioni sconosciute, mai provate prima, era ipnotico. Scrissi il nome sulla chat del cellullare. Sentii il suo telefono vibrare vicino la miacoscia. Ero seduta su di lui, così non poté prenderlo. Gli ipassai il mio. Senza nemmeno guardare bene me lo ridiede chiudendo un attimo gli occhi, prendendo un piccolo respiro. D'un tratto sentii il calore del suo alito sul mio orecchio, stava sussurrando. «Non riesco a leggere. Lo scoprirò prima o poi. Per ora mia cara rimani un mistero.» Sorrideva. "Quanto sembra delicato..." Pensai ammirata.

Lui non poteva leggere, io non potevo parlare, questo ci rendeva diversi dagli altri.

Arrivammo a destinazione poco prima dell'orario previsto per l'appuntamento.

Si trattava di una fosca dimora in apparenza malmessa, ma dalle nobili vestigia antiche.

Percepii un senso di solennità pervadere tutti i presenti, che nel silenzio più assoluto contemplavano lo scuro ingresso in cui facevano la loro comparsa le cose non dette, i segreti più oscuri.

Yvonne rabbrividì senza che ci fosse un filo di vento. Ginevra entrò per ultima. Sembrava sempre nascondere qualcosa. E non era l'unica. Io stessa non... "Ma sono stata sincera con loro." Mi dissi prendendo coraggio.

Avevo voglia di un tè o di una cioccolata, non certo di stare lì a osservare, ancora e ancora. Ma il tempo sembrava non finire più.

Volonté di tanto in tanto mi gettava occhiate sospette. Per un istante fui felice di non dover chiedere la mia domanda alla strega in modo che altri potessero udire. Lesse il mio messaggio e mi fece segno di chinarmi poggiando il mio orecchio molto stretto alle sue labbra avvizzite. Non era abbastanza. Magari era una ciarlatana.

Fu un sollievo quando giunsero gli altri. Era il momento di uccidere.

IL COLORE DEGLI INGANNI

«Un nuovo abito? Oh sì, un nuovo abito wow! Complimenti Elizabeth.» Una delle mie compagne di scuola più popolari mi stava indicando prendendosi gioco di me. Ero arrivata elegante per la prima volta in... quanti anni? Non me lo ricordo più. Non che di solito fossi una stracciona ecco, solo che ostentavo sempre una certa aria trasandata da sognatrice svampita.
Una mia compagna di classe mi scattò una foto applicando un effetto con Snapchat. Sembravo un roditore. Avevo fatto bene ad accettare l'invito? Dopo avermi dato una rapida occhiata scomparve dala mia vista. Ogni tanto la rividi vantarsi di come la fortuna giocasse a suo favore. Faceva la snob e girava con un crop top.
Poco più in là c'erano seduti altri tipi di un altro quartiere, amanti degli Anime e dei Manga. Appollaiata sul bordo della piscina c'era quella che una volta si era finta mia amica per poi andare a spifferare in giro le mie fantasticherie. Il bikini non le stava male.
«Hey vieni!» Berciò uno schianto di tipa quasi completamente immersa nella vasca idromassaggio.
«No non verrà.» Rispose qualcuno per me. Il mondo iniziava a girare. Girava e girava, troppo rapidamente perché potessi distinguere i volti o i vestiti di chi mi circondava.
«Mi sa che si vergogna.» Disse una.
«Per cosa? Quelle tettine? Bah!»
Costernata mi guardai riflessa nella portiera di un'auto. Avevano rovesciato il succo di mirtillo sul mio vestito. Sporca e inzaccherata sarei stata costretta a passare per il centro del parcheggio. La sala ben illuminata strappò brandelli di angoscia dal mio viso. Era peggio che essere nuda, un po' di succo mi colava tra gli occhi e i capelli rovinandomi l'acconciatura. Il lieve strato di trucco che mi ero messa era andato a farsi benedire al museo.
«Svagata come sempre.» Fu il commento. Quant'erano acide.

«Ma che cazzo ti sei messa oh!» Urlò un ragazzo prendendomi di mira. Gli altri lo imitarono senza farsi problemi.

«Pensavo fosse vintage.» Spiegai sistemando il cappello con la piuma di struzzo. La mia voce era un mormorio, veniva risucchiata da un vortice di consapevolezza. Attorno i colori sfumavano, tutto diveniva psichedelico, disgustoso. Ah cosa avrei dato per una serata tranquilla in camera mia? "Ma perché sono venuta?!" Andandomene mi calpestai una scarpa con l'altra, rischiai quasi di inciampare nel mio lungo vestito color crema.

"Non pensarci." Mi dissi girando al largo. Quelle sottospecie di top model correvano a ballare sulla pista tutte scollate. Non io. Le luci stroboscopiche mi davano il malditesta. Uscii dal locale.

Non era finita. Fuori una sorta di enorme globo di finto cristallo distribuiva a manciate di coriandoli e stelle filanti. Neanche era Carnevale. Quelli grotteschi erano loro, non io.

"Io sono a posto." Ultimamente mi stavo ripetendo un po' troppo spesso questa frase. Ma ne ero convinta?

Alcuni facevano i gestacci, altri mormoravano alle mie spalle, altri ancora ridevano sguaiatamente di me. Christ Hanton faceva schifo, tutta la capitale appariva malata.

"La città è malvagia." Pensai sgattaiolando via. Alcuni coriandoli rosso scuro si staccavano dal mio abito portati via dal vento come petali scarlatti di un fiore gualcito. Sentivo un po' del succo di mirtillo finire dietro ai gancetti del reggiseno, lungo la schiena, invadere le mie spalle, i miei pensieri. Prima di andarmene una cattiva mi aveva tirata a sé come a dirmi di tornare alla festa, che non ero autorizzata a fuggire. La sua violenza aveva rotto la mia collana e le perline erano schizzate tutte in giro. La luce bianca, sfumata all'esterno del locale mi rimaneva impressa nello sguardo, la vivida atmosfera da disco all'interno, invece, non faceva che rimarcare la mia diversità, il mio senso di inaadeguatezza. Non ero fatta per i party a base di cocktail e sesso sfrenato. Neanche avevo mai preso in bocca una sigaretta, forse nessuno me l'aveva mai offerta. Mi sentii molto sola.

Non avevo i soldi per un taxi, mai avuti, così mi incamminai lungo il marciapiede con aria trasognata. Erano le dieci e un quarto di sera e avevo sonno. Fui sul punto di ridermi in faccia.

Ma cosa non andava in me? il gelido succo di mirtilli ora veniva reso ancora più ostile dalla brezza notturna. Mi sentivo fuori posto, sì, avrei preferito mille volte restare in camera mia a leggere qualcosa.

Ma i miei avevano insistito, mia madre soprattutto. Ero una asociale, alienata in termini ottocenteschi, non avevo amici, né amiche, né un cucciolo a cui badare. Per fortuna non abitavo troppo lontano.

A casa mi aprì Sebastian. «Ma che...»

«Lascia stare fratellino.»

«Sembri una torta che si scioglie!» Fece per esplodere in una delle sue risatine irritanti. Entrando lo fermai con uno stanco cenno della mano. Capì che qualcosa non andava. «Phebe e Lindsey sono uscite. Ma che ti è successo?» Sembrava sinceramente sorpreso. Feci per abbracciarlo. «Hey hey, no. No.»

«Ok.» Mormorai mostrandomi cordiale.

«Ah, anche mamma e papà sono usciti. Cena romantica.»

«Va bene.» Stavolta sorrisi davvero.

«Ora esco anch'io, vado da...»

Neanche gli davo più retta. Spogliandomi in corridoio dopo aver sentito il rombo del suo motorino azzardai qualche passo di danza in salotto a piedi nudi. Non potevo andare a letto conciata in quello stato. Provai a mettere in ordine, ma il vestito era rovinato. E se mamma avesse visto le chiazze viola e rosse sul mio abito? Gettai via il cappellino con un verso strano. Lasciai tutto dov'era. Non me ne importava più nulla! Mi chiusi in camera mia.

«Il mondo è tanto crudele con te.» Mi dissi allo specchio. «Devi ignorarlo come lui ti ha sempre ignorata sciocchina.» Una risata sinistra sgorgò dalle mie labbra restituendo vita allo specchio, al mio riflesso.

Il nostro gattino era morto. E nessuno si era degnato di spendere una buona parola, di organizzargli un degno funerale. Anche per me sarebbe accaduto lo stesso se fossi scomparsa?

Frugai nell'armadio fino a trovare il mio completo nero. Da me erano sempre tutti tanto distratti, trovando il mio abito stropicciato nella polvere si sarebbero degnati di darmi un po' di attenzione?

Scoprii di non avere voglia di leggere,o di ascoltare musica. Ero presa male, malissimo. Quell'atteggiamento, quelle emozioni non erano da me.

Sforzandomi di tornare la ragazza carina e dolce di un tempo mi sdraiai sul tappeto, oltre le imposte filtrava il debole chiarore della luna. I miei capelli mossi e biondissimi avevano perso la loro lucentezza quando avevo spento la lampadina dimenticandomi dello specchio, compagno fedele di mille avventure.

Ripensai al museo. Rimanevo assorta per tanto tempo davanti a un certo quadro. E guardavo i manichini. Solo loro esistevano.
Forse avrei dovuto raccontare tutto alla mia amica immaginaria? O invece sarebbe stato meglio scrivere in chat a Cordelia? O alla sconosciuta? Mi trovavo davanti a un trivio, non sapevo cosa fare.
Nel cassetto trovai dei cioccolatini. Non mi andava più di dormire, tornai sul tappeto, stavolta a pancia in giù. Gli scuri pantaloni della tuta mi donavano. Ero carina. Joy me lo diceva sempre e io le credevo. Anche Cordelia provavaa farmelo capire. Però Joy mi capiva di più. A volte era inquietante, sì, ma sapeva il fatto suo. Solo io la potevo vedere, o sentire. Una volta, mi era quasi sembrato di provare il gusto delle sue labbra. Che pensiero assurdo no?
Mandai un audio a Cordelia. "Per me ha una collection." Pensai scorrendo la nostra chat di Instagram. In qualche modo mi immaginavo riuscisse a scaricare i miei audio o le foto che le mandavo. Magari faceva gli screenshot di quello che le scrivevo. Dopo tutto io avrei fatto così se ne fossi stata capace. E Cordelia era avanti. Era la mia unica vera amica, ma abitava lontano. Joy invece era sempre con me, forse parte di me. Eravamo inseparabili, indistinguibili, nel buio... diventavamo una cosa sola. Forse c'entrava con la scomparsa del gattino. Forse.
Adoravo Cordelia. Fu lei credo a mettermi in fissa per il museo. Diceva che veniva gente lì, gente a posto, come noi.

La signora anziana mi stava scrutando con interesse. «In Germania sai prima di un matrimonio molte persone si raccolgono davanti alla casa dei futuri sposi portando ogni sorta di porcellane. Questi oggetti vengono rotti e il migliore amico delo sposo ruba la sposa, che deve essere ritrovata. Una consuetudine bizzarra non trovi?»
Non seppi cosa dire.
Finendo gli acquisti le mie care sorelline mi raggiunsero. Dicevano di essersi sverginate presto. Io non ne volevo sapere, non mi importavano certe cose.
Le canzoni che ascoltavano in autobus non mi piacevano, fui contenta di scendere appena ne ebbi l'occasione.
A casa nostra aleggiava un'aria grottesca, straniante, forse colpa del troppo silenzio. Circondati dal verde in mezzo a una metropoli ci sapevamo ritagliare i nostri spazi. Era figo guardare fuori oltre il profilo delle colline. L'ansia portata dal crepuscolo però non era

proprio divertente.

Ero tanto svagata, tra noi non c'erano mai stati momenti particolari, così neanche la sera prima degli addii fu diversa dalle altre. Lindsey disfava e rifaceva i bagagli con sguardo maniacale. Phebe era assonnata.

Di solito si dimostravano un minimo "stickerose", non quel giorno. Sembravano di fretta. Non avevano neanche un minuto per me.

E cordelia? Eh, le serviva una strizzatina. La mia migliore, in realtà unic amica, sarebbe andata con loro. Perché tutte le persone a cui tenevo mi abbandonavano? «Cos'ho che non va?» Mi chiesi allo specchio gettando via una spazzola. Io non ero riccia. Dovevo cambiare forse? Sì, tingermi i capelli di un rosa pallido sarebbe stato un buon inizio. "Ma l'hai già fatto." Mi dissi. Ero tornata biondina da poco, non potevo sfrecciare via di nuovo verso l'arcobaleno.

Ci somigliavamo un po' tutte. In particolare condividevano con me le fattezze del viso, anche se per scherzare dicevano spesso che ero stata scambiata nella culla.

Io andavo al cinema e non avevo nessun abbonamento streaming. Io gestivo da sola un blog al pomeriggio e non uscivo con le amiche.

«Col tuorlo liquido giusto?» Chiedevo.

«No senza. Ma non impari mai?» A casa mi trattavano sempre così. Volevo aiutare le mie sorelle ma loro due mi facevano sentire inutile. Fare i sandwich era per me un'arte. Adoravo inventarne di nuovi giocando con le salse. Quando scrivevo sul blog scacciavo il maltempo, i cattivi pensieri. Mi ero tinta i capelli rosa pallido per cambiare un po'.

Avrei creato delle combinazioni sfiziose. Quando tornarono a casa mi ignorarono come sempre. Mi era andata bene, almeno non venivo presa in giro per le mie stramberie. Essere la figlia minore ha i suoi vantaggi dicono, beh anche essere una principessa nella torre ne ha. Presto sarebbe giunto a farmi visita il drago? Se solo non fossi stata tanto impegnata a pensare a un manichino...

Il nonno aveva l'Alzheimer e mamma appariva sempre più stanca di dover badare a lui. Papà era fuori, continuamente.

Mamma salutò Cordelia e le mie sorelle augurando a tute buona fortuna. Io mi aggregai in silenzio pettinandomi poco lontano, quasi nessuno badava a me.

Loro tre partirono mattiniere per Geestenstad, un'antica città distante dalla capitale, fondata da immigrati olandesi.

Cordelia mi abbracciò stretta. Non ci saremmo riviste.

Erano state scelte per interpretare due ruoli molto importanti in un rinomato spettacolo teatrale. Che fortunate. Io mi accontentavo di poco, spesso di niente.

Non potevo lasciare i miei familiari da soli.

Papà era stato trovato al centro di una piazza in un lago di sangue. Attorno a lui si era assiepata una grande folla, aveva indugiato orripilata, curiosa, per poi disperdersi in preda all'orrore.

Le visite dal medico procedevano bene. Edwin De Santis si confermava uno psicologo simpatico. Quando eravamo insieme mi facevo spesso contagiare dalla sua magnetica serenità. I modi naif uniti a un'eleganza impeccabile lo rendevano protagonista segreto di alcune mie fiction mezze gossip contraffatto che portavo sul blog. Naif o dai modi sofisticati invece? I capelli di un bellissimo castano dorato, il volto glabro, serafico, la giacca blu notte come i suoi occhi, il gusto impeccabile nella scelta delle camicie lo rendevano unico. Ma non sembrava tanto sveglio per essere svizzero.

Su tutto risaltava il gigantesco sticker in 3D di un gattino rosa tenerissimo con i cuori che gli partivano poco sopra le orecchie, reggeva il più grosso sulla zampa sinistra porgendolo ai visitatori del blog. Però non era una GIF, conservava la sua funzione statuaria, ornamentale. Mi bastava guardarlo per poter immaginare quanto fosse morbido. Il mio blog era troppo carino!

Senza accorgermene mi lasciai scivolare di dosso settimana dopo settimana, finché...

La casa era vuota. Mamma era al lavoro. Nonno era molto malato, forse stava morendo, indifeso. La mamma si risolse a chiuderlo in casa di riposo, o come disse lei, a "mandarlo in cura".

Uscii dal bagno con l'asciugamano in testa.

Qualcuno aveva suonato al campanello.

Il verde degli alberi alimentava la mia fantasia, rimandava un bagliore funereo.

Guardai la porta. Sulla superficie linea si riverberava un lucore grigiastro.

Aprii.

Il cuore mi battevaforte. Ero emozionatissima.

Osservai le sue scarpe.

Fece il suo ingresso nella nostra casa trascinandomi via con l'irruenza

di una bestia oscura. «Vorresti avere una volpe in questo momento?»
Chiese soffocando una risata. Mi ispirava. Era la nostra battuta, fui
quasi sul punto di sfregarmi gli occhi, pareva un sogno. Interdetta
pensai a cosa dire. Lei alzò un dito prima che io aprissi bocca. «E io
vorrei un gelato.» La sua risposta aveva senso? Non importava.
Avrebbe fatto ridere i sassi.
«Kirsten?» Domandai raggiante.
«Proprio così. Puoi chiamarmi Kitty se vuoi.»
«Ciao Kitty.» Il mio angelico sorriso stimolò il suo, senza mai
giungere agli occhi. Non aveva bisogno di risultare espressiva quanto
me. Io ero stramba, potevo permettermelo.
Capì come viziarmi con mossette divine, lusinghe suadenti, ciglia
disarmanti.
Avrei voluto darmi un pizzicotto da sola. Stavo sognando?
Non riuscivo a capacitarmi che una cosa simile fosse possibile:
Kirsten era in piedi davanti a me, in carne e ossa, viva, reale! Non più
solo delle semplici parole in una chat, preziose o in serie. Fui sul
punto di mettermi a strillare, lei si mise un dito sulle labbra
allungando un passo dentro casa. Portava una borsa chic, i folti
capelli castani le davano consistenza. Fra noi quella spettrale ero io.
«Ciao Elizabeth.» Esordì sogghignando. «Finalmente ci incontriamo.»
Adesso era se stessa.
Io avrei voluto abbracciarla, ma qualcosa in lei mi suggeriva che non
sarebbe stato educato
Arrendevole mi feci indietro
Pranzammo.
Ma quanto era fastidioso il rumore delle forchette?
«E allora uno chiede al padre la mano della figlia. Ma il padre gli fa:
"usa la tua di mano".» Le sue battute non mi piacevano, sembravano
rozze nell'insieme. Mi feci andare giù anche questa. «Una vera
porcata.» Mugugnò a bocca piena.
Avrei potuto imboccarla. "Che pensiero stupido." Mi dissi cercando
di non mostrarmi troppo eccentrica.
«Andiamo Elizabeth. Mi fai un favore? Cancelleresti la nostra chat, ti
va?»
«Perché?»
«Sono la tua ammiratrice segreta, nessun altro deve sapere.»
Mi diede a mala pena il tempo di prepararmi, trascinandomi via prima
che mamma fosse tornata.

Fuori camminammo l'una vicino all'altra, quasi come due vere amiche.

«In chat sembravi molto dolce.» Azzardai timidamente.

«E questo cosa avrebbe a che fare con le sigarette?» Poi, a una mia occhiata arrendevole si voltò verso il prato. «Ma non ero io a scriverti.»

Pregustavo già il sorbetto alla fragola.

Cosa stava dicendo?

Diede sfoggio di sé.

Senza scrupoli mi indicò di seguirla incontro alla torre dell'orologio.

Ci trovammo a percorrere un ampio viale senza alberi. Ai lati infatti giardini incolti sfilavano spettrali.

Mi mancavano le parole.

Non seppi cosa dire.

Minava la mia armonia.

Avevo voglia di sgranocchiare qualcosa ma non mi sembrava ilcaso.

Fu un'ottima occasione per provare la nuova sciarpa col cappellino.

«Oh che sbadata.» Cominciò a prepararsi una sigaretta. Io non avrei saputo da dove iniziare. «Non vuoi sapere cosa è successo a tuo padre?» Domandò tentandomi.

«Non abbiamo mai avuto un bel rapporto.» Le confidai a malincuore.

«E tu? Tu ce l'hai un papà? Dev'essere bravo come te.» Suonavo sciocchina?

«Una volta, una specie. Avevamo un rapporto... complicato.»

«È morto anche lui?» Kitty distolse lo sguardo, a disagio. La mia domanda bislacca finii inghiottita dal vuoto.

«Ma lui vuole vederti.» Riprese.

«Tuo padre? Il mio?»

«Tuo padre è sottoterra.» Rise piano, a disagio, mostrandosi umana.

«Vedi Elizabeth, ci sono artisti che modellano la creta infondendole la scintilla divina, o rinnegandola. Ma ci sono altri che giocano a plasmare le menti altrui a propria immagine e somiglianza, o rendendole del tutto diverse, in nome di una sconfinata armonia.»

«E le persone riescono a capire?»

Kitty esitò prima di rispondere. «... Non ci riescono mai. Ed è triste.»

Era il giorno in cui sarei stata rapita, in cui avrei cominciato a rinnegare il mio nome.

Le andai dietro, un po' impacciata.

A me non importava di sembrare strana.
Le persone non mi capivano.
Forse sbagliavo a non provare neppure ad avvicinarmi ad altre
ragazze della mia età. Kitty appariva surreale, onirica, come un
biondo castano vampiro venuto dalla Danimarca soltanto per me,
castano caramello.
Le chiesi di accompagnarmi per scattare delle foto vicino ai fiori rossi
per il mio blog. Vicino ai fiori rossi, sì.

NOTA DELL'AUTORE

Storie Oltre La Storia
«Come, non vi basta?»
La scrittura continua, non perdetevi…

I romanzi

- Hollowness – Ceneri E Ombre
- Modern Ages;
- Cinderville - Incubo Tre Dicembre;
- Chiamami Elysian;
- Sogno Amaro;

I racconti riuniti in...

- Cinque Storie Gotiche;
- Orrori Gloriosi;
- Nove Storie Dark;
- Fiabe Nere;
- Novelle D'Oro E Di Porpora;

Il saggio Penny Dreadful Revival;
E il volume di poesie Ore D'Ambrosia.

Prossimamente in libreria, online e nei vostri store di fiducia
Per info www.hollowness.ga

NOTA BIOGRAFICA

Amante di romanzi inglesi e scandinavi, Keim Matteo Camarda nasce a Como il 9 Novembre 1997 da padre siciliano e madre singalese. È noto in ambito letterario per le poesie pubblicate sulla prestigiosa rivista Nova e per aver vinto i concorsi *Racconti Fantasy 2021* di Historica Edizioni e *Gialli, Thriller E Noir 2022* di Rudis Edizioni. Dal 2015 milita in memoria di Karen Blixen e Penny Dreadful. Come perito tecnico del commercio internazionale per il marketing in Italia affianca CTL Editore Livorno, con cui ha già pubblicato la raccolta di racconti d'esordio Oscure Vanità e il romanzo La Bambina Che Parlava Di Streghe. Con Rossini Editore ha pubblicato il romanzo Hollowness Papaveri Di Sangue. Attualmente studia Mediazione Interlinguistica presso l'Insubria. Su Amazon cura diverse collane di volumi. Ricordiamo la trilogia Murkvain; la collana Gotica e la saga Wicked Dreams.

RINGRAZIAMENTI

Un grazie tutto speciale Ai moschettieri delle Oscure Vanità: Davide Torri, Ivan Corradini, Andrea Santaniello, Marco Pazzoni, Massimiliano Moresco, Elettra Pierelli, Dorian Feliziani, Beatrice Casartelli e Claudia Bonini, sempre al mio fianco. I volontari del Centro Nazionale Del Libro Parlato Francesco Fratta, mi avete preso per mano in questo splendido viaggio regalandomi il vostro tempo, forse la cosa più preziosa al mondo, vi sono debitore. E come non menzionare i miei YouTuber preferiti d'Italia? "Victorlaszlo88", "Seth Vendrakon", "Matteo Fumagalli", "FranzD ", "Arianna Bonardi", "Lusio", "Ilsognodimerlino", "Facciamo Un Salto In Libreria", "Alle Trotty – Libri, Sogni E Realtà", "La Postmoderna"!, "Gaetano Pagano" del podcast Monstrumana, avervi come colleghi è sempre un onore, apprezzandovi non solo come youtuber ma, anche come amici. Uniti abbiamo regalato bei momenti al nostro Paese e al mondo in questi tempi oscuri. Ringrazio le scrittrici Alessandra Marinacci e Pia Lauto, per avermi seguito passo passo durante la revisione di questo romanzo, armandovi di pazienza, interesse e dedizione insostituibili. E anche Mary e Donatella Spoletini, Fiorella Di Mauro, Maurizio J. Bruno, Antonio Limoncelli, Yvonne Tirino, Leonardo Bonetti, Marco Vinicio Giordano ,più tutte le mie fan, i tipi di Goodreads, le corrispondenze via chat e via mail, e quei fedelissimi che non hanno voluto abbandonarmi un istante. Un abbraccio anche ai nuovi amici e amiche dell'università, ai professori dalla pazienza infinita, propongo un brindisi virtuale su Teams per l'occasione. Anche se ormai per fortuna ci ritroveremo nel mondo reale. Ringrazio infine Domitilla D'Amico, Gaia Bolognesi, Erica Yoko Necci, Letizia Ciampa, Corrado Conforti, David Chevalier, Edoardo Stoppacciaro, Alberto Bognanni, Francesca Manicone, Claudia Catani, Emiliano Coltorti, Margherita De Risi, Joy Saltarelli, Alessio Cigliano, che regalando le vostre voci donate una seconda vita a tanti prodotti meravigliosi. Ah quasi dimenticavo, forse perché sempre presente, la signorina Michela Tanfoglio, mia editor di riferimento e agente letteraria, quando si dice "una ciliegina sulla torta".

Keim Matteo Camarda
4 Settembre 2020, 15 Febbraio 2022